lf
0010

哪啊哪啊神去村

三浦紫苑 著

王蘊潔 譯

新經典文化
ThinKingDom

緣起

在編輯這本《哪啊哪啊神去村》後期，日本東北發生了近百年來最劇烈的九級地震以及幾乎讓人束手無策的大海嘯，而在災區不斷傳來悲慘畫面的同時，在人們興嘆這一切該怎麼恢復的時刻，知名演員渡邊謙朗誦日本已故國民作家宮澤賢治的詩，詩題為：不要輸給雨。

出身岩手縣花卷市（這次重災區之一）的宮澤先生，在詩中這麼寫著：「不要輸給雨／不要輸給風……總是沈靜微笑／一日吃四合的糙米／一點味噌和青菜……」詩中面對自然力量抱著既謙卑卻又堅韌的姿態，讀時讓人動容。

《哪啊哪啊神去村》這本書在日本廣受歡迎，相信也與人們深信自己必須與自然共存共榮有關。面對山林，作者並非一味讚嘆美好，男主角平野勇氣離開都會的繁榮，也離開了都會的百無聊賴，一點一滴進入自然，依附着自然韻律感受生活，過去因為喪失了與自然的聯繫，產生的無力感，慢慢被努力面對自然、勞動並敬畏山林的村民包圍，也滋長出自我的生命力。我想這就是為什麼宮崎駿先生要激動地推薦，並重讀兩次，甚至想著要拍成動畫的原因。

作者三浦紫苑為了能精準掌握住山林風貌及當地人們真實的情感，創造出「哪啊哪啊」此一方言，暗示著山林生活的緩慢步調。她說：「這緩慢步調的語感，切中了山林以一百年循環發展及經營的價值觀，我將它獻給對自己未來沒有想法、沒有目的，甚至感到人生沒意義的人。」

當許多小說都在追求更大的刺激或架構超越前人的幻想時，我們獻上一個平實的山林故事。因為我們相信：「哪啊哪啊」活著比什麼都重要。

新經典文化編輯部

他們熱情推薦：

太有趣了。閱讀時，我一直思考著這本書可以拍成電影，如果要拍，應該是真人電影吧。不，還是動畫比較好，過一陣子，又覺得不該拍成影像，不能每次看到好故事，就想搬上大銀幕。再往下讀，忍不住讚嘆實在太有趣，真是一個好故事，我真想拍成動畫，開始思索要怎麼拍。最後，又轉念覺得電影更好，但搞不好自己拍不出來。如此來來回回的整個閱讀過程讓我很滿足。然後，我又讀了兩遍。

——宮崎駿

這本書非常適合家長及年輕人閱讀，特別是不知道自己要做什麼的年輕人。人這一生不可以坐在家裡這樣過下去，還是要去外面看一看，讓自己的生活有意義。看到平野勇氣，讓我想到人生好比爬樹，應該要往上、往前看，而不是往下看。他找到他生命的意義，讀到最後一頁，真的很感動，我們的孩子都是善良的，很多時候是大人沒有給他機會，老是要求功課，沒有讓他看到人生的目的。找到人生的目的，他是會很努力做下去的。

——中央大學認知神經科學研究所所長　洪蘭

這本可愛的小說沒有龐大的結構與複雜的人物情節，只藉著一個對「將來」毫無計劃與真實感的典型都市青年，被半強迫去過的一年生活來做為故事的發展。隨著季節轉換的景象、維持山林生態平衡的工作、勞力的苦與樂、山中的人情與互助，作者輕輕鬆鬆就把讀者的心帶到乾乾淨淨的深山裡去了。

順著文字隨書中主角「勇氣」在「神去村」中體會一年的生活之後，我心中充滿了對「養護」這兩個字的新認識；原來，養護是時間的培育、是承受的悠然、是對大自然的順服與敬畏，是我們即使生活在都市中的人也該培養的適性和直覺。作者沒有企圖埋伏任何一個大道理來說服讀者，這只是一個青年透過對林業養護的實務而了解自己「生命養護」的成長故事。在淡淡、幽默的文字中，我們會聞到生命擁擠感之外、屬於山中或我們心靈深處的沁涼與芳香；我們會感知養護自己的責任。

——親子教養作家　蔡穎卿

我不想說《哪啊哪啊神去村》有多有趣，這種事自己翻兩頁不就馬上知道了嗎，沒必要替別人省這種時間吧，真是多管閒事。

想說的是，從情節的展開，很痞的帥勁之下，能感受到作者的認真溫柔所成就的寬廣。只能說現在的小孩很衰，困在一個沒人要認真聽你講話的世界，就算假裝有在聽，也聽不懂，這是事實沒辦法。但是作者認真，所以有能力藉故事做出了這樣的對話結界。呵呵，裡面非常的舒服喔，簡直窩心到流眼油了。因為我還想再待一會，客人請自便。

——金石堂書店行銷總監　盧郁佳

青春、熱血、沒有在怕是假的，咬牙撐下去才是自己的！隨著勇氣一起進入神去村，不但能了解林業還能大笑，每次看到笑點，我總會想起灌籃高手裡Q版的櫻木花道。一本趣味橫生，看了能讓人遠離都市的擁擠與喧囂，對山野生活更加嚮往的小說。

——背包客棧站主　小眼睛先生

這本書真的太神了！雖然故事裡沒有生離死別、也沒有悽傷哀慟，但它卻會讓人在感動到渾身發麻之後，露出柔軟、開闊、溫馨而含淚的笑容……

平野勇氣應該是我目前看過最英勇的冒險王吧？沒有人生方向的他，在高中畢業後莫名其妙地被丟到一個連手機訊號都沒有、想逃都逃不了的深山裡，這真是太瘋狂了！

但或許，當我們完全沒有選擇餘地的時候，反而更能真心感受、全心投入吧？所以當他放棄咒罵與逃跑之後，用了一年的時間來慢慢了解樹、了解人、了解山、了解神，了解了他從來不了解的神聖感動。最後，他的人生也不再迷惑了。這本書彷彿讓我看見了自然運行的本質，也讓我理解了人類生存的初衷。我只能說，現在的地球真是太複雜了，我們還是讓自己的心回到火星去吧！如果不懂怎麼回，就看看這本書，學會什麼叫「哪啊哪啊」！還有因為作者實在太搞笑了，五頁之內一定會讓你笑到噴淚，所以奉勸各位不要站在書店裡看，否則被店員趕走可就尷尬囉！

——冒險王主持人　宥勝

本書頗為奧妙，字裡行間有股不思議的魔力。老實說，看故事進展，步調就如同「哪啊哪啊」般的慵懶，劇情的高潮起伏呢？還真一言難盡，畢竟在這個手機無路用的「神去村」，舉凡老婆離家出走、小孩太晚未歸、想落跑或想把妹……一概足以稱之大事，所以囉，什麼曲折離奇、柳暗花明、淚的衝擊，這類形容通通用不上，看似拉拉雜雜，很日常生活的記事書寫，不過，營造的氛圍卻很純很真很溫暖。被老媽「出賣」去伐木造林，小說藉由主人翁從逃避、無奈、到認命與面對，一步步找到屬於自己的存在價值，有情有義，元氣滿點，具向上提升的療效。

——人氣部落客　小葉日本台

給臺灣讀者的話

三浦紫苑

各位讀者，你們好。非常感謝大家能拿起這本《哪啊哪啊神去村》。

這是一本關於高中才剛畢業的少年，在日本的鄉下地區伐木造林的小說。主角借住的「神去村」裡，住著一群生活怡然自得的村民，養了一隻聰明小狗。此外，村裡還遺留著自古流傳下來的風俗，舉行了一場又一場不可思議的祭典。

如果各位能跟著主角，一起在「神去村」生活著，想必一定別有風味。

我曾經到過臺灣旅行，熱鬧的街景（夜市小吃真的很好吃）逛起來特別有意思。宏偉開闊的自然景致中，美麗的山景及溪谷，讓人印象深刻。

即使是現今的日本，都會與鄉下地區所看到的景觀大不相同。這是因為勞動人口漸漸移往都會區，導致日本林業發展長期以來呈現衰退的現象。然而，近年來反而看到從事山林工作的年輕人漸漸增多了。原來林業並非只是把樹砍下送去販賣而已。想必是山林環境的保全養護，優良水質的維護等觀念，愈來愈受到關切與重視了吧。

勤於整護山林，就有乾淨的水可以取用，水順著循環也會流入海洋。整頓自己國家的山林，對於隔海相鄰的其他國家，乃至於整個地球環境都是有助益的。許多人正是懷抱如此信念，充滿幹勁地在山林裡工作著。

各位讀者閱讀時，若能體會書中的主角們一齊悠遊自在地生活、勤奮工作之外，還有餘力關懷起山林，對我來說實在是莫大的榮幸。

最後，衷心期許這本書，能讓臺灣讀者們忘卻日常生活的憂愁煩惱。

哪啊哪啊神去村

目次

第一章　名叫與喜的男人

神去村的村民大部分都很溫和，位在最深山的神去地區的人就更不用說了。

「哪啊哪啊」是村民的口頭禪，這並不是在對別人打招呼，也不是隨口敷衍一聲「哪啊哪啊」，而是帶有「慢慢來嘛」、「先別急」的意思。久而久之，他們用於各種場合，甚至表達「真是悠閒舒服的好天氣」時，也只要用「哪啊哪啊」這四個字就可以了。

村民有時候會站在路上聊天。

「哪啊哪啊哪。」（今天的天氣真不錯。）

「對啊哪。」（對啊。）

「妳家那個又去跑山了嗎？」（妳老公已經去山上工作了嗎？）

「今日就在近處，他原本說早上就去哪啊哪啊，但這時候還在哪啊哪啊，我想用掃除機哪啊。」（今天就在附近的山上，他原本說早上去慢慢工作，但現在還賴在家裡發懶，我想吸地也沒辦法，真傷腦筋。）

一開始，我就像鴨子聽雷，聽不懂他們在說什麼。

神去村位在三重縣中西部，靠近奈良縣交界，村民說話都帶著關西腔，語尾都會加一個「哪」，這應該也是讓村民的言行舉止放慢步調的原因。

「你的肚子不痛了哪？」

「嗯。」

「我想你是吃撐了哪。」
「我想也是哪。」
聽到他們這樣的對話，真的會覺得渾身的骨頭都軟下來了。
當然，再怎麼溫和的人，偶爾也會有激動的時候，這時候，在語助詞的「哪」之前，就會再加一個「呢」。
「我不是說了，一年級的學生要有大人在旁邊時才能去河裡玩呢哪！下次再讓我看到，我可是會（真的）發飆呢哪！小心河童會來偷拔你們的屁眼蛋呢哪！」
我曾經目睹直紀痛斥小學生，因為神去話的語助詞有很多聽起來像「哪」的音，所以即使罵人的時候，也有一種不痛不癢的悠哉。至於直紀是何方神聖，我自然會說清楚。
不過，用「河童」來嚇小鬼會不會太猛了？屁眼蛋又是什麼？我屁股上可沒長這種東西。小鬼終究是個小鬼，照樣嚇得屁滾尿流，哭著嚷嚷：「河童好可怕，我不喜歡。我以後不敢了，原諒我哪。」會不會太單純了？簡直就是日本民間傳說的世界。
我離開從小長大的橫濱，住在神去村的神去地區差不多快一年了。突然想要把這一年所發生的事記錄下來，神去的生活在我眼中實在太稀奇了，尤其村民更古怪。他們看似溫和，卻會默默地做出一些破壞性的舉動。
雖然我不知道往後在這裡的生活是否順利，總之，我決定動筆寫寫看。與喜家那臺積滿灰塵的電腦接上電源後還可以使用，只可惜沒接網路。與喜家用的是黑色轉盤電話（我來到神去村後第一次看到實物），而且，所有的房間都沒有網路線的接座，真搞不懂他們為什麼買電腦。是基於好奇心嗎？一定是買回來之後，覺得看說明書太麻煩，就把電腦擱在一旁了。

至於與喜又是哪號人物，我有機會再跟各位解釋。

雖然我沒寫過長篇大論的文章，但記錄這段生活，可以讓我的心哪啊哪啊（平靜）下來，也可以整理自己的思緒。冬季期間，工作不會太忙，有很多時間可以寫作。

神去的村民之所以重視「哪啊哪啊」，應該是基於大部分人都從事以一百年為單位循環發展的林業工作，加上晚上沒有任何娛樂，天暗之後，只能早早上床睡覺這兩個理由。即使再怎麼匆忙，樹木也不會加速成長，所以，大家都吃飽睡飽，明天繼續過哪啊哪啊的日子。幾乎每個人都抱著這樣的態度。

這一陣子，我說話時，也很自然地加上「哪」的音，但我的神去話功力還很差，無法順利把他們的對話記下來，只能請各位在閱讀這本書時記住，神去的村民滿口都是神去話。

實際上，我無意分享這份稿子。但我會假裝有讀者在讀而寫下去，所以「各位切記神去的村民一開口都是神去話」，這聽起來不是挺像一回事的嗎？……算了，好像沒什麼了不起。

總之，我打算隨心所欲地把這一年來所發生的事寫下來，請各位也帶著輕鬆的心情讀下去。哪裡來的各位啊，嘿嘿。

我原本打算高中畢業後，靠打工自力更生。

我的課業成績不理想，對讀書也沒有興趣，所以無論父母和老師都從來沒有勸我：「先讀大學，再來考慮其他的事」，但我也無意進哪家公司，過那種朝九晚五的生活。想到年紀輕輕，人生就這麼決定了，心情其實超悶的。

在高中畢業典禮這天之前，我一直在便利商店打工，日復一日地過著胸無大志的生活。我也知道這樣下去不是辦法，不好好找一份工作，未來堪慮，周圍的人也都耳提面命地警告我，但我對幾十年後的「將來」完全沒有真實感。所以，我決定不去思考，不必自尋煩惱。當時，我並沒有想做的事，也不認為能夠找到自己想做的事。我只知道這件事，因此，我原以為畢業典禮之後，仍然會日復一日地過這種乏善可陳的生活。

沒想到參加完畢業典禮，一回到教室，班導阿熊（熊谷老師）就對我說：

「喂，平野，老師幫你安排了工作。」

我從來沒託他幫我找工作，所以「啊？」了一聲。阿熊卻說：「你這是什麼態度？我不是和你開玩笑。」

沒想到真的不是開玩笑。

我被阿熊一路拖著拉回家，老媽早就將她自己的東西全都搬進我的房間裡，包括她郵購買回來之後完全沒有用過的健身器材，現在全在我的房間裡。

「你的換洗衣服和日用品已經寄去神去村了，你要乖乖聽村民的話，好好工作。對了，這是你爸給你的。」

神去村是什麼地方？老媽拿出一個白色信封，說是已經出門上班的老爸給我的，接著就這樣莫名其妙地要把我趕出家門。信封上寫著「程儀」，裡面裝了三萬圓。三萬圓能幹什麼啊！

「別開玩笑了！」我大聲咆哮，「太不講道理了，為什麼突然趕我走！」

「『只有月亮沒有安息』，」老媽翻開手上的筆記本唸了起來，「『從窗戶窺視著我的心』。」

這是《本大爺詩集》！我發出無聲的吶喊，跳了起來。幹！我藏在書桌的抽屜裡，老媽居然未經我同意，就擅自偷看！

「還給我！」

「不要。如果你不想我把這些內容影印發給你班上的同學看，就給我乖乖去神去村。」

沒血沒淚的魔鬼老媽居然對正值多愁善感青春期的兒子下這種毒手。即使現在回想起來，仍然會火冒三丈。

「有意思，原來只有月亮沒有安息呢。」阿熊笑了起來，「別擔心，老師也不會告訴別人。」

人類趕快毀滅吧！這下子被老媽的陰謀暗算的我只能垂頭喪氣地離家了。

老爸減薪後，老媽希望我趕快獨立。屋漏偏逢連夜雨，住在附近的大哥、大嫂剛好生了孩子，老媽一看到長孫就眉開眼笑，根本不管我的死活。老爸向來都是妻管嚴，我猜想他被趕出家門的日子也不遠了。

阿熊送我到新橫濱車站，推我上新幹線，在便條上寫了去神去村的方法，然後塞到我手上說：

「你一年都不能回來，保重身體，好好幹活。」

後來我才知道，家裡瞞著我申請了「綠色僱用」，這個制度會讓願意從事林業工作者，獲得國家補助款。這基本上是國家支助重新僱用移居者和返鄉者的制度，像我這種剛畢業的年輕人能夠獲選可說是例外中的例外。可見林業界的人手嚴重不足，居然核准了我這種例外。

只要林業工會或林業公司願意招收培訓生，每收一位培訓生，國家會在第一年支付給他們三百萬日圓補助款。當然，因為尚需要支付對林務一無所知的培訓生生活費用，以及指導人員的人事費用、機材費，三百萬其實並不足夠。

但在年輕人口越來越少的山村，村民看到終於有人願意投入林業時，他們都會竭誠歡迎、熱心指導。面對三百萬補助款和村民的善意、熱忱，我根本不好意思說出「我還是對林業沒有興趣」這種話，簡直就成了甕中之鱉。

我在名古屋下了新幹線，換了近鐵線來到松阪，然後又搭了從來沒聽過的地方線搖晃了半天，一路駛向深山。我仍然沒搞清楚狀況，連哄帶騙地被趕出了家門，既無助，又懊惱，更寂寞，但我還是抱著輕鬆的心情，先到便條上所寫的地址再說。我當成是趟旅行。

路途間，我用手機和朋友互傳簡訊，打發時間。

「阿熊突然要我去一個叫神去村的地方。」

「真的假的！？哇噻，會不會太酷了。」

不久之後，手機顯示「無訊號」。收不到訊號！有沒有搞錯啊！這裡真的是日本嗎？我只好放棄傳簡訊，欣賞窗外風景。

地方線的列車只有一節車廂，也沒有導電架，更沒有輸電線。我原本以為是電車，看起來又像公車，但卻是在軌道上行駛。我越來越搞不清楚狀況了，車上沒有車掌，乘客下車時，由司機負責收票。包括我在內，從頭到尾只有四個乘客，最後只剩下一個大口吃著橘子的老太太。那個老太太也在我的前一站搖搖晃晃踉蹌地下了車。

分不清是公車還是電車的地方線，沿著溪畔的山腹行進，越往上游的方向前進，河水越清澈。我第一次看到這麼乾淨的溪流。山景漸漸現於眼前，幾乎難以察覺自己身在山中。

搭電車在群山中穿梭，所看到的景象和在森林中行駛的感覺差不多。

山上積著薄雪，放眼望去，到處都是杉樹。事實上，其中混雜了不少檜樹，只是那時候我還無法分辨杉樹和檜樹。

天氣變暖時，住在這一帶的人會深受花粉症之苦吧。

我還在事不關己地為別人操心時，很快就到了終點站。那是一個無人小站，一踏上月臺，潮濕且寒冷的空氣撲面而來。天色已經完全暗了下來，放眼望去，沒有任何民宅。層層的群山輪廓也隱入黑暗中。

現在是什麼狀況？我杵在老舊的車站外，遠處一輛白色小貨車一路閃著車頭燈，沿著山路開下來，停在我面前。從駕駛座走下來一個身材魁梧的男人，我嚇了一跳，因為他一頭短髮染成刺眼的金色，看起來很像黑道小混混。

「你就是平野勇氣嗎？」

「是的。」

「你有手機嗎？」

「有啊。」

我剛從牛仔褲口袋裡掏出手機，就被他搶了過去。

「喂！」

我差一點就搶到了，但他的動作還是快一步。他拆下手機的電池丟進了樹叢，電池似乎掉進了水裡，傳來一聲「噗通」的水聲。

「你幹嘛！」

「哪啊哪啊，反正這裡收不到訊號，留著也沒用。」

這是犯罪吧。我火冒三丈，這個滿臉奸笑、來歷不明的男人太可怕了，我轉身走回車站。我才不要留在這種鬼地方，我要回去。

但是，已經沒有電車回松阪了。末班車是下午七點二十五分，有沒有搞錯啊？我無可奈何地走出車站，那個男人還在原地。

「上車。」他把變輕的手機還給我，「別慢吞吞的，行李呢？」

我只帶了一個裝了換洗衣服的行李袋，他沒有再多說什麼，直接把行李袋丟上小貨車的車斗，對我努了努下巴。他年紀大約三十歲上下，渾身肌肉結實，而且動作也很敏捷。況且，從他可以忽然把別人的手機電池丟掉的兇惡程度來看，反抗他顯然不是好辦法。

無論如何，在明天早上之前，我都無法離開這裡。我才不想睡在深山的車站裡餵野狗。我豁出去了，坐上了小貨車的副駕駛座。

「我叫飯田與喜。」

他自我介紹，沿途也只說了這句話。

小貨車沿著彎曲的山徑繼續向山裡行駛了一個小時左右。隨著海拔升高，我的耳朵也嗡嗡作響。他開車很粗暴，每次轉彎，我的身體就被甩得東倒西歪，害得我有點暈車。

最後來到一棟像是集會所的建築物前，我被趕下了車，行李也被丟下車。他開著小貨車揚長而去，一個等著我的大叔請我進屋吃了火鍋。

「山豬哪。」

大叔笑嘻嘻地說。他指的是山豬火鍋。

大叔在值班室的兩坪多大房間內為我鋪好被子後也離開了，整棟建築物只剩下我一個人，只聽到河流的水聲和風拂過山間樹林的聲音，四周寂靜得讓人心裡發毛。我小心翼翼把額頭貼在窗玻璃上向外眺望，外面一片漆黑，完全看不到任何風景。雖然時序即將進入四月，卻仍然寒意逼人，直透心骨。

走廊上有一個粉紅色公用電話，我打了一通電話回家。

「啊喲，原來是勇氣。你順利到那裡了嗎？」

老媽的聲音後傳來嬰兒的笑聲。大哥、大嫂似乎在家裡。

「嗯，剛才吃了山豬肉。」

「真好，媽媽從來沒吃過。好吃嗎？」

「嗯。我想知道這裡到底是怎麼回事！我要在這裡做什麼？」

我很想說，我想回去，但是我咬著牙，把這句話吞了回去。

「做什麼？當然是工作啦。」

「做什麼工作？」

「反正，你能找到工作就算是老天有眼了，你就別再挑剔，努力工作吧。無論任何工作，不試試看怎麼知道自己適不適合呢。」

「所以我到底要做什麼工作？」

「啊呀呀，洗澡水燒好了。」

老媽顧左右而言他，然後就掛了電話。媽的，魔鬼老媽！居然也不清楚兒子做什麼工作，就推我入火坑，一腳踢出家門。

我打開煤油暖爐，鑽進了被窩。內心的不安和混亂讓我超想哭，搞不好可能真的流下了一滴眼淚。

天亮之後，我搞清楚這裡是林業工會。林業工會是什麼？他們要僱我當事務員嗎？我滿腦子疑問，只知道，我要在這裡接受培訓二十天。

請我吃山豬火鍋的大叔向我傳授了「山林危險須知」、「林務專業術語」，我還學了如何使用鏈鋸，但我整天挨罵。「腰更用力呢哪！」「手臂垂下來了呢哪！」那時候，我終於明白即將被送去林業的第一線工作。

林業？開什麼玩笑，簡直冏爆了。雖然我心裡這麼想，但地方線列車行駛的時段，大叔整天寸步不離盯著我，我雖然逮到三次機會試圖逃脫，每次都被大叔發現，無法得逞，只好作罷。他抓著我的脖子，把我押回林業工會的事務所。大叔的手臂很粗，聽說他曾經在山上把公山豬甩拋出去。

只能乖乖接受培訓了，但我心裡仍然靜靜等待機會逃脫出去。

「你可以去中村先生那裡考各種證照哪，」大叔說，「加油哪。」

中村先生又是誰？他什麼都沒說。

在林業工會結束為期二十天的培訓那一天，飯田與喜再度開小貨車來接我。他開著小貨車，載著我沿著河畔繼續往上游的方向開。大叔站在林業工會那棟房子的門口，一直對我揮著手，好像要送我上戰場。

因為整天都在練習鏈鋸的使用方法，腰痠背痛，手上長了繭。我全身痠痛，走路時成了外八字。光是這段培訓生活就讓我體會到，我不適合林業工作，但也不敢懇求對方「讓我回去吧」。眼前的情況也很難逃走，與喜坐在駕駛座上，一聲不吭地握著方向盤。

林業工會事務所位於神去村內名為「中」的地區。與喜要開車載我去神去村最深處的

「神去」地區，距離「中」將近三十分鐘的車程。

神去地區是四面環山的小村落，幾乎沒有平坦的土地。神去河沿岸零零星星幾十戶人家，將近一百位村民。每戶人家都在屋後的一小片田裡種了供應全家人的蔬菜，還利用河畔僅有的平地開墾了水田。

這裡的村民有一大半超過六十歲，附近只有一家賣日常生活用品的商店。這裡沒有郵局，也沒有學校。如果想買郵票或是寄包裹，就要託前來送信的郵差代勞，必須去中地區才能寄宅急便。想要買隨身用品時，也要翻越好幾座山，前往名為「久居」的鎮上。

這裡什麼都不方便。

與喜駛過一座小橋，把小貨車停在一戶人家的院子裡。

「去向東家打一下招呼嘿。」

東家？我正驚訝他居然會冒出這麼老掉牙的稱呼時，他已經走出庭院，頭也不回地走向和緩的坡道，我慌忙追了上去。山上吹來跟冬天一樣冷的寒風，路旁還留著少許積雪。沿途除了我們，沒有任何人。這裡的人口密度原本就很低，這時刻又剛好是中午。

東家的家「生長」在離河川有一小段距離的高地，背後靠山。這棟古老質實的日式傳統房子的確很適合用「生長」這個字來形容。寬敞無比的前院鋪滿大小相同的白色碎石，前院的角落放著一組用一整塊木頭製作的桌椅，桌子巨大到可以容納很多人同時烤肉。好不容易走到玄關，那裡也有兩塊巨大的門牌，其中一塊寫著「中村」，另一塊寫著「中村林業株式會社」。

這下我知道東家原來就是中村先生，看來我以後要在這裡工作了。中村先生到底是怎樣的人？我心裡有點害怕，但越害怕反而越想見識一下。於是，我乖乖地跟著與喜走了進去。

與喜沒有按門鈴，直接打開玄關的紙拉門。不知道是否聽到了門外的動靜，一個年約五歲的男孩從昏暗的屋內跑了出來。他皮膚很白，一對骨碌碌的雙眼，臉頰紅通通的。男孩開心地張開雙手叫著：

「與喜！」

與喜叫了一聲「嗨，山太」，把男孩抱了起來。

「清一在嗎？」

「在！」

與喜抱著名叫山太的男孩，跨過門檻，走進屋內。沿著昏暗的通道，來到寬敞的泥土地房間和廚房。我從來沒看過別人家的泥土地房間和廚房連在一起，忍不住好奇地東張西望。外露的粗大橫樑已經老舊烏黑，天花板的部分似乎是儲藏室，有一個木梯架在旁邊。

山太趴在與喜的肩頭好奇地看著正在觀察老房子的我。當我們視線相遇時，大概是害羞，他把臉埋進了與喜的肩膀，但又立刻小心翼翼地抬頭打量著我。當我們再度四目相接時，山太笑了起來。我覺得他真可愛。

也許是為了防止寒氣入侵，面向泥土地房間的和室木門是關著的，木門油黑發亮。與喜單手打開了門，向和室內探進頭問：

「喂，清一，新手來囉。」

「喔，進來吧。」

沒想到裡面傳來一個年輕的聲音。我在與喜的指示下脫了鞋子，走進和室，還幫與喜抱著的山太脫了鞋子。山太怕癢地嘻嘻笑著，與喜一把他放下來，他立刻跑了進去。

「山太，哪啊哪啊。」

山太衝到一個三十過半的男人腿上。他穿了一件深茶色和服，外面套了一件條紋鋪棉和服外套跪坐著。這個瘦長臉的男人和山太不同，目光十分銳利。

「平野勇氣，歡迎你加入，以後多關照。」他對我說道，「我叫中村清一，他是我兒子山太。」

原來他們早就安排好，要我在中村林業株式會社工作了。來到這種深山地區，連去地方線車站都很難，到底該怎麼辦？眼前我只好乖乖坐在坐墊上，與喜在我旁邊盤腿坐了下來。

後門突然有動靜，隨即傳來一個聲音。

「啊喲，有客人？」

回頭一看，一位秀氣的美女打開木門看著我們。一雙大眼和雪白的肌膚簡直和山太一模一樣。

「我老婆祐子，」清一哥介紹說，「祐子，這是新來的平野勇氣。」

「很高興認識你。」

祐子姊微笑著向我點了點頭。我心頭小鹿亂撞。在橫濱，不，即使在電視上也難得見到這麼好看的美女。我突然很想知道這段日子我會住在哪裡？中村先生家很大，搞不好我會住這裡。就在這一刻，頓時覺得別人完全沒有徵求我的同意就幫我安排工作這件事也無所謂了。

大家一起喝著祐子姊泡的茶，山太和與喜以驚人的速度吃著羊羹。

「我剛才去看了後面的茶園，」祐子姊說，「嫩葉因為冰雪都凍傷了。」

「今年還真多雪，山上怎麼樣？與喜。」

「西邊的山腰附近情況最糟糕，那一帶有很多幼齡樹。」

「那明天去起雪吧。」

聽到清一哥這麼說，除了我以外的所有人都點著頭，就連山太也不例外。「起雪」是什麼？是鏟雪的意思嗎？路上的積雪並沒有很深啊。我暗自想道。

清一哥向我說明了薪水是月薪制，也享有社會保險，工作時間原則上從早上八點到傍晚五點，但會因工作地點的不同，考慮到前往目的山林的時間，所以也會提早集合。聽完之後，我更覺得「嗯，我果然對林業沒興趣」。

最後安排我暫住在與喜家。怎麼不是清一哥家呢？我有點失望。祐子姊和山太送我們到門口，我和與喜沿著來路往回走。

「你完全沒有經驗嗎？」

與喜問我，我有點不悅地說：

「在林業工會學了鏈鋸的用法。」

與喜不以為然地用鼻子吐了一口氣。

「呿，鏈鋸。」

怎樣啦！之後，我們兩人不發一語地走在路上。

與喜就住在剛才他停小貨車的那棟房子，河邊的那三棟房子中，他家是最中間那一棟。這棟傳統的農舍建築雖然不如清一哥家的房子那麼氣派，但如果在都市，這麼大的房子也足以稱為豪宅了。

庭院裡有一個紅色屋頂的狗屋，一隻雪白的狗坐在狗屋前，一看到我們，立刻拚命搖尾巴。狗屋上釘了一個木牌寫著「no-ko」，這發音是「乃子」（母狗名）嗎？但無論怎麼看乃子的後腿之間，都覺得牠是隻公狗。明明是公狗，卻叫乃子。我偏著頭感到納悶。乃子的臉看起來好像在笑，被與喜摸了一下頭，立刻舒服地瞇起了眼睛。

在拉開玄關門的前一秒，與喜大叫一聲：「快閃！」說時遲，那時快，一個茶杯立刻從打開的門縫飛了出來，擦過我的臉頰，落在庭院裡，發出清脆的聲音碎裂了。

「你死去哪裡去了呢哪！」

一個苗條嬌小的女人站在泥土地房間，擋在那裡。她和祐子姊完全是不同的類型，但五官輪廓明顯，忍不住讓人多看幾眼。沒想到這個窮鄉僻壤的村莊，美女比率居然這麼高。我暗自想道。我回頭看著庭院裡那隻摔破的茶杯，一個大叔剛好走了過去，看看我們，又看看摔破的茶杯，露出詭異的笑容，卻沒有過來勸架，就直接走進對面的房子了。

吵成這樣是家常便飯嗎？與喜也一副處變不驚的態度。

「我老婆美樹。」

他轉頭對我說道，然後又對美樹姊解釋說：「我不是說過要去中地區參加聚會嗎？之後又去巡山了。」

「聚會是三天前的事。你之後一直在巡山呢哪？這麼冷的天氣，晚上也一直在山上哪？」

「對啊。晚上就睡在工會的事務所。」

他騙人。與喜根本沒睡在那裡，但是，我當然沒吭聲。

「你這個鈍斧！我不管了呢哪！」美樹姊大聲咆哮。

「哪啊哪啊。」與喜雙手做出安撫美樹的動作，「他是平野勇氣，以後要住在我們家。」

話鋒突然轉到我身上，我只好上前一步。

「很高興認識妳。」

美樹姊不發一語，轉身走進裡面的房間。

與喜和他太太美樹，還有與喜祖母繁奶奶住在一起。繁奶奶縮成一團坐在飯廳，就像是顆皺巴巴的饅頭，看到與喜和美樹姊夫妻吵架也不為所動。一開始，我還以為她是木乃伊一樣的擺設呢。

「唉喲，早就習以為常囉。」

繁奶奶說。繁奶奶的腰腿不好，不能下廚做飯。與喜站在泥土地房間準備晚餐，我在飯廳坐在繁奶奶的對面。

「美樹姊剛才說『鈍斧』，那是什麼意思？」

「呵呵呵。」繁奶奶張開沒牙的嘴巴笑了起來，「與喜的名字是我幫他取的，在本地話中，就是『斧頭』的意思。」

這時，我終於發現那隻公狗名字「乃子」的發音，原來在當地話其實是「鋸子」的意思。

與喜、繁奶奶和我在飯廳一起吃晚餐。桌上只有白飯、醃蘿蔔和海帶芽味噌湯。美樹姊在裡面的房間沒有出來。

「她好像生氣了……」

「別擔心，如果真的生氣，她就會回娘家哪。」

與喜說著，吃了三碗飯。繁奶奶也添了一次飯。只有醃蘿蔔和味噌湯的配菜，他們的胃口還這麼好。我不由地感到佩服。

我對未來感到極度恐慌。我要住在這對兇惡夫妻檔和奄奄一息的老奶奶的家裡，並從事林業工作，無論怎麼想，都覺得不可能撐下去。我很想趕快逃，但車站遙不可及，手機也因為與喜的關係不能使用了，我身上只有三萬圓出頭。想到前途茫茫，我只吃得下一碗飯。

繁奶奶會搭每週巡迴兩次的廂型車去久居的老人日間照護中心，她說她已經在那裡洗過澡了，準備睡覺。

「我啊，身上現在已經不太長汙垢了。」

與喜牽著繁奶奶走進廁所旁一間三坪大的榻榻米房間。「好，晚安。」

與喜告訴我用鐵製浴缸直接燒水洗澡的五右衛門風呂的使用方法後，我踩著底部的木板泡在熱水中。總覺得摸到鐵的缸身會燙到，身體也繃得特別緊。浴缸沒有足夠的空間伸展手腳，只能在水裡蹲了老半天。與喜用柴火燒的熱水似乎比用瓦斯或電力燒的洗澡水水質更柔軟。

與喜在我之後洗了澡。我躺在飯廳旁三坪大榻榻米房間的被子裡，聽到隔壁放祖先牌位的房間裡傳來說話聲。與喜似乎在勸美樹姊趕快去洗澡。

「我再去幫妳把水燒熱一點，哪？」

與喜拚命取悅美樹姊。我還來不及聽到美樹姊的回答，就已經昏昏睡去。

山林工作通常由四、五個人組成一個小組共同進行。

中村林業株式會社有二十名員工，住在全村各個角落的員工每天都來這裡上班。這家公司主要接受附近私有山林地主委託的疏伐工作，同時，還要負責養護全年度東家中村家的山林。

我和與喜同一組，我們這組專門負責中村家的山林，可以讓我學到從植林到運材的整個過程。

這個組的成員有與喜、清一哥，還有五十歲左右的田邊巖先生，和七十四歲、老當益壯的小山三郎先生。巖叔和三郎老爹都住在神去地區，是從小就在山裡打滾的狠角色。

第一天上工，天還沒亮，與喜就把我叫醒了，我依依不捨地從被窩裡爬了出來。

飯廳的矮桌上放了兩個閃著銀光的三角形物體。原來是超級特大號飯糰，每個用鋁箔紙包著的飯糰差不多有三杯米的份量。

「美樹心情變好了哪。」

與喜樂不可支地說。做這種看了根本無法讓人食指大動，也稱不上是便當的便當，是哪門子的心情變好？但是，我還是心存感激地捧著特大飯糰，拎著裝了茶水的水壺坐上了小貨車。與喜把阿鋸也抱上了車斗。

小貨車往村落深處行駛了大約十分鐘，很快就來到了沒有鋪柏油的路，周圍也沒有房子。有一側是通往溪谷的陡坡，路越來越窄，終於駛到了盡頭。一片不大的空地上已經停了三輛小貨車。

我們繼續徒步上山。阿鋸活力充沛，蹦蹦跳跳地衝上長了小草的斜坡。與喜上山的速度也和走平地差不多，連大氣都不喘一下。他身上背了小方巾包著的飯糰，肩上掛著水壺，一隻手上拿著斧頭。斧頭！都什麼年代了，還在用斧頭！

我拿著鏈鋸拚命跟上與喜的腳步。與喜的腰上綁著類似美容師用的那種安置各種工具的腰袋。雖然看起來像是趕流行，但與喜應該是以實用為目的。除了像是銼刀的金屬工具，還有裁短的橡膠管等莫名其妙的東西，一件件從腰袋的小口袋裡探出頭。

鬱鬱蒼蒼的杉樹讓森林內的光線昏暗。

「這一帶都來不及養護。」

與喜說。雖然他很冷淡，但似乎很願意教新手。

「理想的森林應該更明亮，樹木也會更粗壯。」

我氣喘如牛，沒辦法搭腔。從遠處眺望和實際爬上山，山的表情完全不同。這裡的斜坡很陡，視線只能緊盯著腳下，根本沒時間抬頭看其他地方。有些陡峭的斜坡簡直和懸崖差不多，在這種地方植林的人簡直不要命了。樹木種下之後，還要做養護工作，樹木長大之後，還要伐木，然後搬運下山。這種斜坡根本連站也站不直，他們是怎麼做到的？

我向來沒有懼高症，卻因為眼前的高度和沒有地方落腳忍不住雙腿發抖，但我不想讓與喜發現我會害怕，所以咬著牙，緊跟上與喜的腳步。我們越過了好幾個山脊，山谷的積雪很厚。走在斜坡上，樹梢上的積雪不時砸落下來，我每次都嚇得縮起了脖子。

我們終於抵達那天的作業現場。

清一哥、巖叔和三郎老爹早就到了，正等著我們。巖叔豪爽地向我打招呼：「勇氣，你好。」一聽到他突然叫我的名字，我有點慌了神。三郎老爹笑嘻嘻地問：

「與喜和美樹昨天吵得很兇，已經和好了嗎？」

這時，我才終於恍然大悟。原來他就是昨天走進對面那戶人家的爺爺。明明都是同一組，看到組友夫妻吵架也只是在一旁看熱鬧而已嗎？為什麼不來勸架？如果勸架成功，搞不好我們可以吃到比較像樣的晚餐。不過，美樹姊那麼氣急敗壞，我不得不承認，三郎老爹的判斷是正確的。日後我慢慢還知道，三郎老爹察覺各種危險的能力是一流的。薑果然是老的辣，多年的經驗不是混假的。

「昨晚我們好好溝通了一下，已經沒事了。」

與喜面不改色地回答。他們是怎麼好好「溝通」的？我為什麼倒頭就睡著了？真是虧大了。

「大家聽我說，」清一哥戴起安全帽說，「今天要起雪，從這條線往山谷方向橫向一排一排進行。開始吧！」

隨著他一聲令下，大家立刻向山腰的方向散開了。巖叔和三郎老爹一組，與喜和清一哥一組，我跟著與喜和清一哥那一組。阿鋸在兩組之間跑來跑去，好像在為大家加油打氣。

這一帶的杉樹無法承受雪壓，紛紛彎向山谷，有些樹幾乎都快碰到斜坡了。

「如果不把它們扶正，就會長得很畸形，到時候就賣不出去了。」清一哥告訴我，「所以要把樹上的雪抖掉，扶正樹幹。從山頂開始，橫向一排排向下作業，弄完一排之後，再去固定下一排，這樣的作業效率最高。」

雖說是幼齡樹，但樹高已經有三公尺，要怎麼把雪抖掉？把樹拉回筆直的狀態後加以固定？正當我在納悶時，清一哥拿出了稻草繩。

「先把這個綁在被雪壓彎的樹枝根部。」

與喜從清一哥手上接過稻草繩的一端，綁在靠中間的細枝幹上。清一哥壓低了腰，把手上的稻草繩另一端用力一拉，杉樹的樹梢就抬起了頭。

「這時候，必須特別注意一件事。」

清一哥拉著稻草繩對我說，「把樹拉直後，不能再往山的方向拉。如果角度拉過頭，等明年積雪時，就會導致幹折，或是明年無法順利起雪，損失會很慘重。」

清一哥把手上稻草繩的另一端綁在灌木的根部。杉樹立刻筆直地挺立在斜坡上。

「稻草繩很快就會腐爛，所以接下來就不用再管它。如果繩子中含有化學纖維，在第二年冬季來臨之前，就要上山把繩子解開。否則，即使積了雪，樹幹也無法壓低，就會造成幹折。」

來，讓你試試。聽到清一哥這麼說，我有點不知所措。與喜正接二連三地為斜坡上的杉樹綁繩子。輸人不輸陣，我不能老是拖拖拉拉，依循著清一哥的指導下用力拉著繩子。

好重。雖然樹幹很細，剛才就連看起來力氣不如與喜的清一哥，也看似毫不費力地把樹拉了起來，但我拉的這棵樹卻一動也不動。

「把腰壓低，後背和斜坡保持平行，盡全力拉。」

「嘿咻。」

我忍不住叫了一聲，樹梢才終於抬起頭。

「再用力點，還差一點。」

清一哥踩踏著剛才起雪那棵樹周圍的泥土，指引著我。

「對，很好。」

聽到他的指示，我憋著氣，慢慢改變姿勢，打算把稻草繩綁在灌木根部。我的注意力全集中在綁繩子上，手臂的力量稍稍放掉了。

這下子杉樹立刻反彈，我因為反作用力滾下了斜坡。

一時之間我不知道發生了什麼事，總之，我要死了吧。阿鋸在遠處吠叫，最後，我的腰撞到斜坡下方的樹木，才終於不再往下滾。我撞到樹之後，樹上的積雪全都砸在我的頭上。我的工作服沾滿了泥巴，一下子就弄髒黑掉了。

「喂，你沒事吧！」

我看到清一哥慌張地跑了過來。與喜看到我手腳笨拙地摸著腰，好不容易站起來的模樣，忍不住放聲大笑。

「哇哈哈哈哈。」

在不遠處工作的巖叔和三郎老爹聽到他的笑聲，不知道發生了什麼事，也紛紛趕了過來。

「你們玩得很開心嘛。」

三郎老爹了解狀況後，語帶羨慕地說。

害臊和疼痛讓我哭笑不得，我真的好想回家。

春天的腳步近了，此時下的雪又濕又重。

晚上躺在被子裡，也可以聽到山上的樹木折斷的聲音。啪嚓，啪嚓。山上迴盪著一聲聲清脆的聲響。

每當聽到這個聲音，就覺得於心不忍，坐立難安，很想飛奔衝上山，為幼齡樹起雪。同時，也會感到十分難過。因為山上的植樹不計其數，以我的作業速度，即使花好幾年的時間，也無法把所有被雪壓彎的幼齡樹拉起來。

當我輾轉難眠時，經過我房間去廁所的與喜就會對我說：

「哪啊哪啊，即使你再怎麼擔心也無濟於事，趕快睡覺吧。」

言之有理。

從事林業工作後，即使看到樹木無法承受積雪的重量而斷掉，也只能接受這樣的事實。每一棵樹木皆無法按計畫生長。遭受雪折的樹是生命，然而為了防止樹枝折斷，盡心盡力地為樹木起雪的人也是生命。雖然樹木不會動，也不會叫，但它確實地生長著，我來到神去一年，總算能體會到這份工作就是用漫長的歲月和這些樹木打交道。

但是，我才剛來神去村，當然不可能明白。

每當聽到山上傳來雪折的聲音，心裡就特別難過，但不是因為「樹木折斷了，怎麼辦？」感到難過，而是覺得「好煩喔，又要去山上起雪了」，因為失望而心情沉重。

總之，第一天上工起雪失敗讓我見識到了。

我重重地滾下斜坡，被與喜大肆取笑後，從此一蹶不振。如果我當時頭剛好撞到岩石，豈不一命嗚呼上西天了？我每次站在沒有立足之地的斜坡上作業都膽戰心驚，拉繩子時也畏畏縮縮的。

這裡沒有我可以勝任的工作。想到這裡，我就懊惱不已。為什麼逼我來到這種地方讓我出盡洋相？我不想幹了。我獨自生著悶氣，但其實是為自己的無能感到丟臉，懊惱和生氣只是為了不願面對自己的沒出息而萌生的感情。

在山上工作時，一旦注意力無法集中，很容易發生生命危險。所以，每工作兩個小時就會休息一下，吃午飯的時間也很充裕。

我們坐在斜坡上，打開便當。那片斜坡是開墾用地，待冰雪融化後，打算種植杉樹苗。灰色的雪雲布滿了天空。

「這場不該在這個季節下的雪也快停了，」巖叔說，「到時候就要忙著整地、種樹苗了。」

「是啊，」三郎老爹也點著頭，「山上的工作並不是只有起雪而已，勇氣，你不必害怕。」

我低頭不語。我的技術毫無進步，拖累了整組的工作效率。沒有人責備我，反而讓我更難過。我整天都在盤算如何逃離這個村莊，但是，我沒有交通工具。與喜只要一回家，就把小貨車的鑰匙藏了起來。況且，我根本沒有駕照，而徒步離開神去根本是不可能的任務。即使我想在路上攔車，搭便車到車站，村民也都認識我，看樣子一定行不通。

簡直讓我進退兩難了。我啃著巨大飯糰時，遠處仍然不時傳來樹木折斷的啪嚓聲，讓人忍不住嘆氣。

「怎麼辦？」三郎老爹戳了戳與喜，「都是因為你欺負新手，害他整天都沒什麼精神呢哪。」

「我才沒有欺負他。」

與喜搔了搔抱在手上的阿鋸的脖子，事不關己地說。阿鋸搖著蓬鬆的白尾巴，掃到了我的手臂。

雖然清一哥沒說什麼，但似乎覺得再這樣下去不是辦法。有一天，雪停了，天氣晴朗，吹來了和煦暖風。

「今天勇氣不用上山，」清一哥說：「但要負責修整庭院的樹。」

在鄰近山頭工作的日子，大家一大清早都在清一哥家集合，確認作業的流程。小組成員圍在庭院的大桌子旁喝茶，冬天的時候，會在大鐵桶裡燃燒樹枝取暖。

雖然在上工之前就先休息很奇怪，但這想必是在神去村的「哪啊哪啊」精神基礎上而建立的習慣。在山上工作，只要一急躁，就準沒好事。

「所有人嗎？」

與喜咬著橘子，一臉不耐地問。看他的表情，就知道他對我這個累贅感到厭煩。

「不，你留下來教勇氣。三郎老爹和巖叔，還有我今天要去久須山南側的斜坡整地。」

三郎老爹和巖叔「嘿咻」一聲站了起來，就連阿鋸也張大了鼻孔，一副好像在說「包在我身上」的表情。

與喜有點不滿，但他不敢違抗東家清一哥的命令。

「如果他把整棵杉樹都砍了，你就不要怪我呢哪。」

說著，他走向中村家主屋旁的倉庫。清一哥他們分別坐上自己的小貨車，準備上山。阿鋸一開始興奮地跟在與喜的身後，與喜不知道對牠說了什麼，牠一臉「是嗎？那我走了」的表情折回車旁，對著清一哥正在發動的小貨車搖著尾巴。

我抱起阿鋸，把牠放在小貨車的車斗上。清一哥從駕駛座探出頭說：「一旦習慣與樹木相處後，就不會感到害怕了。今天會綁上安全帶，腳下也可以站得很穩，應該不成問題。」

不用想也知道，問題可大了。

中村家的庭院周圍種了好幾棵高大的杉樹，用來阻擋從山上吹下來的風。我不知道清一哥是第幾代東家，但這棟房子絕對有悠久的歷史。周圍的杉樹有如神社周圍的樹一樣茂密。

與喜從庫房裡拿出修整樹木的工具。粗大的腰帶、一端有金屬釦環的牢固繩子，還有名叫「升柱器」的刀具。用兩條帶子把升柱器綁在長褲和工作鞋上，將刀刃固定於內側。只要把刀刃前端插進樹幹，即使攀上沒有枝椏的樹木，也可以輕鬆爬上去。

但這未免太難了，我一千個不願意。

「把刀刃插進樹幹，不是會傷害樹幹嗎？」

「反正這些樹不是用來做木材的，即使損傷也沒關係哪。」

「爬上樹的時候，雙腳只能靠這個刀具固定吧？這不是很不穩嗎……？」

「腰上有綁安全帶，沒問題的。廢話少說，趕快上吧。」

與喜推了我一把，我來到庭院東側的杉樹下。樹的高度遠遠高過兩層樓房。

我聽從與喜的指示，在腰上繫了安全帶。與喜把有金屬釦環的繩子掛在我的安全帶上，繩子呈圓環狀，繞著杉樹的樹幹一周。我抱著杉樹，被繩子固定在杉樹上。安全帶上還繫了另一根繩子，掛著鏈鋸。爬樹的時候，雙手必須騰空，爬到目標地點後，再舉起鏈鋸，把樹枝鋸下來。

爬樹的時候，只有腰上的安全帶綁在樹幹上，支撐身體。只能依靠淺淺插進樹幹的升柱器站穩雙腳。

在距離地面六公尺高的地方，怎麼可能維持這種宛如表演雜技的姿勢使用鏈鋸？

不可能。絕對不可能。

但與喜根本沒用升柱器，只靠著腰上的安全帶，就輕輕鬆鬆地爬上了樹。他是猴子嗎？他的安全帶上只插了那把斧頭。

「怎麼了？你還不快爬呀？」

與喜像蟬一樣伏在樹幹的正中央，低頭看著還站在地上手足無措的我。

即使叫我快一點，我也沒有把握在沒有樹枝可抓的情況下，如何爬上這麼粗大的樹幹。我先用手臂抱著樹幹，想把右腳上的刀具插進樹皮，但鏈鋸和腳上的升柱器太重了，根本無法施力，好不容易才爬了一小截。我這副蠢樣簡直就像撲倒在橫綱胸前的低級別相撲力士。

忽然間，升柱器上的刀刃鬆脫，我整個人滑到了地上，下巴都被樹幹磨破了。

「你在幹什麼呢哪？」

與喜嘆著氣，從樹上滑了下來，解開安全帶，站在我的身後。

「我撐住你的屁股，你再試一次。」

我討厭我自己不敢說不的懦弱性格。無奈之下，我再度抱著樹幹。

「以腰為支點，身體稍微向後仰。」

「腳、腳！要把刀刃插進樹幹。」

他不斷提醒我，我拚命挪動身體。因為與喜扶著我的屁股，我好不容易才爬到了超越自己身高的位置，但離有樹枝的地方還有段距離。

「很好，」與喜說：「你很輕，按這個要領繼續往上爬，哪啊哪啊來。」

慢慢地，放鬆心情。我小心翼翼地活動手腳，也慢慢掌握了訣竅。與喜說的沒錯，只要以腰部為支點，手臂就不需要太費力。即使不看腳下，我也慢慢了解刀刃該以怎樣的角度插入樹幹。

「很好，很好。」

與喜的聲音在我身旁響起，想不到他已經在旁邊的杉樹上，爬到和我相同的高度了。他安全帽下的雙眼露出笑意。我第一次受到稱讚，忍不住暗爽。我已經可以放開一隻手抓臉了。

「繼續加油，我會告訴你該鋸哪一根樹枝。再爬高一點，別往下看。」

被他這麼一說，我更想往下面看。我正要轉頭，與喜立刻抓了一把杉葉，伸手丟了過來。

「我不是叫你不要看呢哪！」

杉葉打中了我的臉，掉了下去。我的目光追隨著杉葉掉落，正眼直視著地面。

我原來離地面這麼高。

我嚇得卵葩都縮了起來。讓我下去！我要回家！我抱著樹幹，很想哭出來，但為了不被正在旁邊那棵樹上的與喜嘲笑，我拚命忍了下來。只能咬緊牙關，抬著頭，繼續往上爬。

我根本無暇欣賞風景。

該鋸掉哪些樹枝才好？如果鋸太多，就無法發揮防風的作用；如果放任不鋸，會影響屋內的採光。

鏈鋸必須隨時關上開關，以免腳下不小心打滑時，鏈鋸就會砍傷自己。

我在與喜的指導下，鋸著樹枝。整整花了一個上午，才終於完美修剪完一棵杉樹。與喜的視線始終沒有離開過，但他自己在樹木之間爬上爬下，效率是我的五倍。

中午休息回到地面時，雙腿忍不住發抖。為了不讓與喜察覺，我踩穩著每一步，在庭院的桌旁吃著巨大飯糰。飯糰裡除了酸梅和鮭魚以外，不知為何還包了可樂餅。

「喔，看來美樹的心情不錯哪。」

與喜看著從米飯中探出頭的可樂餅，頓時眉開眼笑。這簡直成了飯糰占卜。

陽光越來越暖和，天氣變暖時，空氣中開始混雜著各種氣味。有小河清澈水流的甘甜、即將破土而出的新鮮青草味、不知道哪裡在燒枯枝的焦味，和在冬季期間死在深山的野獸散發出的腐臭味。一切都突然有了動靜，準備迎接新的季節。

從遠處山上傳來的鏈鋸聲音突然停止了。是清一哥他們嗎？他們應該也開始午休了吧。

祐子姊送來加了很多料的豬肉味噌湯。

「吃完了再添，你們多吃點。」

「山太呢？」

與喜問。

「他在後面玩瘋了。」

「是嗎？」

山太沒有出現，與喜有點悶悶不樂。

喝完豬肉湯，整個身體都暖和起來。我們開始下午的工作。

一開始力道沒有用對地方，雙腳發抖，腰部僵硬，握著鏈鋸的手不時往下垂，但我漸漸掌握住訣竅。

身體盡可能放鬆，利用槓桿原理支撐身體，身體緊貼著樹，從容易砍的角度揮下鏈鋸。

「不要因為做得順手就大意了。」

與喜除了偶爾提醒我以外，便不再囉嗦什麼。這傢伙人還不錯嘛。屋後的杉樹都已經修整完畢，終於準備向西側的樹木挺進了。當然，大部分都是與喜的功勞。

鏈鋸嗡嗡作響，砍下過度茂密的樹枝。與喜用耙子把樹下的枝葉都掃成一堆。我故意對著與喜的腦袋砍下小樹枝。咚、咚地命中了與喜的安全帽。第三次時，與喜揮著拳頭怒吼：

「別鬧了！」

我猛然抬頭，發現從中村家主屋的窗戶可以看到屋內。三坪大房間的窗邊擺了一個梳妝臺，貓足桌腳的焦糖色梳妝臺看起來有點舊。一個年輕女子坐在鏡子前。

女子微微張著嘴唇，正擦著淺色唇蜜。我們的視線在鏡子中交會。

她臉上的皮膚晶瑩剔透，就是個美女。她的黑色眼眸閃著調皮的神情，我的身影映照在她的眼眸中。她富有光澤的嘴唇笑了笑，臉上的表情就像情緒不定的貓。

我完全被她吸引，鏈鋸不小心砍下了不需要修剪的樹枝。巨大的樹枝帶著樹葉搖晃了一下，正中與喜的腦袋。

「勇氣！」

與喜大叫一聲，丟開手上的耙子，沒有繫安全帶就爬了上來。

「嗚哇哇，我不是故意的。你聽我解釋。」

他完全不聽我的解釋，以驚人的速度逼近我的腳邊，用安全帽用力頂我的屁股。

「好痛！好痛啊！」

我原本想踹與喜抵抗，但腳上有刀刃。我只能慘叫著，拚命往樹上爬，逃離他的魔爪。

「誰住在那個房間？」

「你說誰？」

與喜不再用頭頂我，順著我手指的方向望去。梳妝臺上蓋著白布。

「咦？剛才還在的。」

「女人嗎？年輕的？美女？」

「嗯，對啊。」

「哈哈。」與喜笑得很詭異，「我告訴你，那是幽靈。」

「大白天有幽靈？況且，現在的時節也不對。」

「神去一年四季都有幽靈出沒。」他一本正經地說，「因為東家做了不少壞事，大部分都是清一招惹的女人陰魂不散。」

「怎麼可能？」

雖然我嘴上這麼說，但我知道自己的表情很僵硬。我向來很怕幽靈或是妖怪之類的，高中時，女朋友邀我去看恐怖片，我硬是找理由推掉了。

住家附近的杉樹終於在一天之內修整完畢。傍晚的時候，清一哥他們也下山了。我們像早上一樣圍著用鐵桶篝火取暖。周圍的樹木透出簡潔的輪廓向天空伸展。

「勇氣，幹得好！」

清一哥稱讚道。他是為了增加我的自信，才要求我修整屋外的防風樹。

三郎老爹和巖叔也對我讚不絕口：

「對第一次的人來說，成果很不錯。」

「與喜再怎麼厲害，一個人也很難在一天之內就完成。」

於是，我開始有了「再留在這裡努力看看」的念頭，也對正默默地綑綁落地樹枝的與喜刮目相看。

主屋的紙拉門打開了，傳來山太的聲音。

「直紀，妳要走了嗎？」

「我改天再來。你要乖乖聽媽媽的話喔。」

走出玄關的正是剛才坐在梳妝臺前的女人。

「誰說她是幽靈的？」

我壓低嗓門問與喜，與喜卻假裝沒聽到。真是狗嘴裡吐不出象牙。

「直紀，要不要我送妳？」

正在火旁取暖的清一哥問她。那位名字聽起來好像男生的直紀冷冷地說：
「不用了，我騎機車來的。」
然後，她從倉庫推出一輛川崎重型機車。她推著機車，沿著石子路推向馬路。她是東家的什麼人？我很想問別人，但似乎沒有人會回答我的問題。因為在這個小村莊裡，大家都是熟人，所以，神去村的人從來沒有「相互介紹」的想法。
「直紀要再哪啊哪啊點。」
三郎老爹說道，其他人也都頻頻點頭，異口同聲地說：「是啊，是啊。」
「啊喲，她已經走了嗎？」
祐子姊從主屋走了出來，拿了一個包了保鮮膜的盤子嘆著氣。「我還想叫她把菜帶回家。」
她拿了這盤菜要怎麼騎機車？不對，等一下，這搞不好是我逃離神去村的天賜良機。
我的確順利完成了一天的工作，也因為得到了組內其他成員的認同暗爽不已，但是，我根本不想做什麼林業的工作。我是被老媽和阿熊陷害，才會來到神去村這種鬼地方。什麼「再留在這裡努力看看」啊，我到底在想什麼？我太大意了，差點就被綁住了。
「我去拿給直紀小姐。」
我從祐子姊手上搶過盤子，跑向馬路的方向。「喂！」與喜叫著我，但我頭也不回。

直紀矯健豪邁地騎上機車，正在暖車。低沉的引擎聲在山裡迴響。

「這是祐子姊要給妳的。」

直紀看了看我遞給她的盤子說：

「我不要。」

她戴上挾在腋下的全罩式安全帽，馬上就要騎走了。我慌忙說：

「那我幫妳拿，但妳可不可以送我到車站？」

「啥？」

「我有事要去松阪。我剛領到薪水，想買點東西寄給我父母。我已經向清一哥報備了。」

我把老爸給我的三萬圓隨時帶在身上，以備不時之需。有了這筆錢，應該足夠讓我逃離這裡了。

「妳看，我的薪水。」

我從口袋裡拿出信封。

「上面明明寫著『程儀』。」

慘了。我忘了這件事。

「咦？嘿嘿嘿。」

我只能笑著掩飾。直紀露出懷疑的眼神。

「反正不關我的事，」她說，「你有沒有安全帽？」

「有。」

我戴上工務用安全帽坐在直紀後方。我可以抱她的腰嗎？

「出發囉。」機車的引擎轟隆轟隆響，「你別哭呢哪。」

機車像箭一樣衝了出去，我差點被甩下車。我不顧盤子飛向後方，慌忙抓住直紀。哇，她的腰又細又軟。但我只得意了一剎那，因為直紀以驚人的速度狂飆起來。

「嗚哇！」

我嚇得眼淚、鼻涕直流，但立刻被風吹走了。在這麼狹窄的山路上狂飆，萬一遇到對向來車怎麼辦？雖然我這麼想，但直紀不停按著喇叭，即使遇到轉彎也照衝不誤。車體大幅傾斜，膝蓋幾乎快碰到地上了。

「讓我下車！」

我大叫起來。更可怕的是，與喜開著小貨車追了上來。與喜一手握著方向盤，從駕駛座探出頭大叫著：

「勇氣，你想逃嗎！我饒不了你！」

他齜牙咧嘴，簡直就像凶神惡煞。大事不妙了。

直紀越飆越快，與喜也緊追不放。他的小貨車裝的是什麼引擎？他們在山路上競速追車。如果嚇昏了，肯定小命不保了。我拚命激勵自己，發揮最大的毅力保持清醒，但每隔十五秒，腦筋就會一片空白。

機車和小貨車幾乎同時抵達車站。在車站等電車的老太太一臉吃驚地看著我們。我下了機車，正要走向車站，但雙腿直發抖，幾乎無法站立。我只能用爬的，卻被與喜踩住了背。

「直紀，妳還是這麼猛。」

「因為載了點貨，今天差一點輸給你，」直紀笑了笑，「改天再玩吧。」

最後一句話似乎在對與喜說，又像是說給我聽的。直紀的機車轉眼之間就消失在山路上。

「你還真會找麻煩哪。」

與喜把我拉了起來，押上小貨車。電車駛離了車站，淚水模糊了我的視線。我也搞不清楚是因為沒有逃走的悲哀，還是撿回一條命的安心，讓我的淚水奪眶而出。

「你老家在哪裡？」

返回神去地區的途中，與喜問我。

「橫濱。」

「我沒去過，是個好地方嗎？」

當然是個好地方。無論商店還是玩的地方，都有太多這個村莊沒有的東西。我原本想這麼回答，但還是把話吞了回去。

但即使我離開那裡，也沒有人會在意。

我寄了明信片給我高中同學，告訴他們這裡無法使用手機，也留了與喜家的地址和電話，卻沒有人回信給我，也沒有人打到與喜家的黑色轉盤電話。大家可能都忙於新生活吧，我爸媽有了新歡孫子，早就把舊愛兒子拋在腦後了。

嗯？搞不好是因為我現在的處境很悲慘、很落魄？

「雖然神去村可能無法和橫濱相比，但也是一個好地方。」與喜說，「你對這個村莊和山上的事還一無所知。」

「那當然，我來這裡還不到一個月啊。」

「你應該再多住些日子呢哪。如果現在逃走了，我會告訴我的子孫，『有一個從橫濱來的平野勇氣比金針菇還要脆弱，是一個完全派不上用場的米蟲』，一百年後，你會成為這個村莊最弱的傳說。」

「那又怎樣？即使成為這個小村莊的傳說，我也不痛不癢。」

太無聊了，我忍不住笑了起來。笑了之後，心情稍微放鬆了一點。

「哪啊哪啊，」與喜靜靜地輕聲說道，「沒有人一開始碰林務工作就順手的，只有我這個天才例外。」

黑色的山影浮現在滿天晚霞中。

我和與喜回到家時，家裡一片漆黑。

「美樹，不在家嗎？喂！」

與喜一邊叫著，一邊脫下鞋子走進飯廳。我也跟了進去。

「與喜，你先坐下。」

黑暗中，傳來繁奶奶的聲音。定睛一看，發現繁奶奶宛如亡靈般，駝著背，坐在祖先牌位前方。

「哇噢，奶奶，原來妳在家。」與喜伸手拉了一下日光燈的繩子開關，「為什麼沒開燈？」

「繩子這麼高，我怎麼拉得到？」刺眼的燈光讓繁奶奶不停地眨眼，「你老婆離家出走了。」

「又離家出走！」

與喜對著天花板叫道。繁奶奶拍了拍榻榻米，與喜端坐在矮桌旁，我也不得不端坐在與喜身旁。

「到底發生什麼事了？今天早上不是還好好的嗎？」

與喜嘆了一聲。我也有同感，飯糰裡還放了可樂餅。

「你之前沒回家時，是不是騙她說去巡山了？」繁奶奶用嚴厲的聲音問，「結果跑去名張玩了哪。」

「呃。」

與喜還想裝糊塗，繁奶奶用手指在他的眉間用力彈了一下。繁奶奶的動作迅雷不及掩耳，我還來不及反應，與喜已經「嗚呃」地慘叫一聲，按著額頭，身體縮成一團。我的眼前只留下繁奶奶像眼鏡蛇般竄起的殘影。

這位老太太搞不好身手很敏捷……。我露出疑惑的眼神注視著，但繁奶奶已經像饅頭一樣坐回原本的位置。

「酒店小姐打電話來問，『與喜今天不來嗎？』明知道接電話的是你老婆，對方還故意這麼壞心眼。你會去那種地方玩，可見你的眼光也很差。」

與喜垂頭喪氣地聽著繁奶奶的教訓。

「在你把你老婆帶回來之前，你別再踏進這個家門。」

「是……」

與喜垂頭喪氣地起身離開。真是大快人心。我因為剛才演了那齣逃跑的戲碼，現在已經飢腸轆轆，那我就和繁奶奶先吃晚餐吧。

我想得太美好了。

「你在幹嘛？跟我來。」

與喜說。

「為什麼我也要去？」

「即使我一個人去，美樹也不可能跟我回來。我們一起用哀兵政策央求她回家。」

「我才不要，她是你老婆啊。」

「剛才不是我去接你回來的嗎？」

「我又沒拜託你，是你自己多管閒事追來的。」

「白癡，別說這種讓人心寒的話。」與喜打我的頭，「我們是同一組的，無論在任何時候都要一條心。」

我被與喜的歪理說服了，和他一起走在夜晚的街道上。我們沿著河流往下游走，旁邊是乾裂荒涼的農田。

美樹姊的娘家就在橋的另一端，距離與喜家走路不到五分鐘。她娘家是神去村唯一的一家商店，推開玻璃門後，泥土地房間堆放著各式各樣的商品，從農具、清潔劑到食物、菸酒，什麼都有，什麼都賣。

「有人在嗎？」

與喜叫了一聲，和屋內相隔的紙拉門打開了一條縫。一位看起來像是美樹姊父親的中年男人露出一雙眼睛。

「我家美樹有沒有來這裡？」

與喜陪著笑臉問道。美樹姊的娘家這麼近，他們兩夫妻顯然是青梅竹馬，與喜和美樹姊的父親應該也很熟。

但是，我完全猜錯了。

「她什麼時候變成『你家的美樹』呢哪？」

美樹姊的父親咬牙切齒地威嚇道，用力關上了紙拉門，完全不留情面。

「你別這麼說嘛，讓我見見她哪。」

「不行，我不能把女兒交給你這種色胚，你們離婚吧。」

「你不要故意說這種話讓我為難嘛，」與喜哀求道，「爸爸，求求你了，哪啊哪啊。」

「我說不行就是不行。我以後也不幫你家送信、送包裹了。」

美樹姊的父親好像在郵局上班，他和與喜隔著紙拉門展開了攻防。一個要打開紙拉門，另一個堅持不讓對方打開，紙拉門的外框被他們拉扯得發出嘰嘰咯咯的聲音。

最後，與喜不知道從口袋裡拿出什麼東西，握在手心，「哇哈！」一聲，用拳頭打破拉門上的紙，把手伸了進去。

「這個給你，怎麼樣？」

與喜突如其來的粗暴行為讓我嚇了一大跳，紙拉門的另一端也似乎有點不知所措。但沒想到過了一會兒，紙拉門竟然喀啦喀啦地打開了。

「那就哪啊哪啊吧。」

美樹姊的父親努了努下巴，示意我們去飯廳。脫鞋子的時候，與喜向我咬耳朵說：「我給了他酒店的折價券。」

大人的世界真齷齪啊。

美樹姊和她母親正在飯廳吃飯。

「啊喲，與喜，這次這麼快就上門哪。」

美樹姊的母親面帶微笑地說，美樹姊根本不正眼看與喜。

「我奶奶一直責罵我，叫我趕快來道歉。」

與喜說著，對著美樹姊磕頭。「都是我的錯！請妳回家吧。」

他的磕頭似乎也是家常便飯，美樹姊不發一語地繼續吃著飯。

「勇氣，你也一起道歉。」

與喜小聲對我說。

「為什麼我要道歉？」

我再度反駁道。

「他就是新來的？」

「很年輕，看起來很有活力哪。」

美樹姊的父母開始談論我，我無可奈何地跪坐在磕著頭的與喜旁。

「呃，美樹姊，」我戰戰兢兢地開了口，「與喜哥已經在反省了。」

鴉雀無聲。空氣中飄著烤魚和洋芋沙拉的味道，我的肚子咕嚕地叫了一聲。

「對了，以後我會好好看著與喜哥。只要一下班，我就會馬上把他拉回家，所以，請妳回家吧。」

自尊心算什麼？當我回過神時，發現自己也對著美樹姊磕頭了。我人生中的第一次磕頭居然是對著別人的老婆。飢餓太可怕了。

美樹姊停止咀嚼，放下了筷子。我可以感受到她的一雙清澈明亮的大眼睛看著我和與喜的腦袋。

「真的嗎？」美樹姊用沙啞的聲音問，「你真的不再玩女人了嗎？下次再被我發現，就不是離婚而已，我要死給你看呢哪！」

我詫異地抬起頭。美樹姊似乎是認真的，她雙手握拳，放在腿上。

「我知道了。」

與喜說著，把自己的手輕輕放在美樹姊的手上。

「你不可以說謊呢哪。」

「我知道，其實我和其他女人都是逢場作戲，我心裡永遠只有妳。」

「與喜！」

美樹姊抱著與喜的脖子哇哇大哭起來。

這對夫妻是在演哪齣啊？

美樹姊的父母輕鬆自如地吃著晚餐，也許已經習以為常了吧。

走出「中村屋」雜貨店（美樹姊和清一哥家好像是遠房親戚）後，我們沿著來路走回家。星星在天空眨眼，無數的星星難以辨認出星座。

豪華的夜空令我感到陌生，我有點眼花了。我的逃脫和磕頭似乎都變得微不足道。

與喜走在前面，邁著輕快的腳步走進自己的家門，走在我旁邊的美樹姊小聲地問：

「你是不是覺得我們很蠢？」

我當然不能回答「是啊」，只好沉默不語。

「我從小就喜歡與喜，愛得死去活來，才終於結了婚。只要是跟他有關的事，我就無法冷靜下來。」

與喜到底有什麼好？雖然他在工作上很能幹，但他這個人吊兒郎當，滿嘴的胡說八道，不過想想，和青梅竹馬在從小長大的地方一起生活，似乎也不錯。

「美樹姊，哪啊哪啊哪。」

聽到我這麼說，美樹姊笑了笑，「對啊。」

我第一次說出口的神去話融化在早春柔和的空氣中。

第二章　神去的神明

深山的積雪終於完全融化，神去村的春天正式報到。

田野裡長滿了紫雲英，當暖風吹來，會誤以為自己正走在淡粉色的雲端。據說之後會把紫雲英割下來當肥料。

田埂上長滿了紫花地丁的小花，附近山上的綠林中，也出現了許多像白色火焰般的辛夷花。

春天說來就來，一眨眼的工夫，之前還黯淡的黑白畫面被塗上了色彩。無論使用任何特殊攝影技術，也無法表現出如此鮮艷的風景變化。

春天不僅為風景帶來了變化，氣味和聲音上也出現不同表情。冬天時，又冷又硬的河水聲在草木吐芽的同時，轉變成細細的柔和聲音，清澈的河水發出甘甜的香氣。當我在閃著金色的河底細沙上發現一群透明的青鱂魚身影時，我情不自禁地驚叫起來。

春天為所有景物增添了節奏。如果說，冬天就像是被一群繁奶奶包圍，那麼，春天就是一百個直紀騎著機車，在山上橫衝直撞。活力充沛，熱鬧不已。

在我從小長大的橫濱絕對看不到這種春天的景象，雖然我一直覺得神去是鄉下地方，但鄉下也有優點。我經常靠在小橋的欄杆上，欣賞著一天比一天更綠的山野，和隨性綻放，幾乎探到河面的白色珍珠梅。

我在神去村生活了一年，如果有人問我「最喜歡哪個季節」，我會回答是「春天」。冬天要起雪；夏天雖然快樂，但工作很繁重；秋天是美食季節，楓葉也很賞心悅目，但有奇怪的廟會……。關於廟會，改天有機會再寫。

總之，春天是最燦爛的季節。春天那種令人雀躍的心情，以及空氣中混雜了花、土和水的香味所形成的那種甘甜都是無可取代的。

唯一的美中不足，是那些黃色顆粒，就是花粉。神去村四周環山，山上種的幾乎都是杉樹和檜樹，簡直身處威力十足的花粉包圍網。

山上的杉樹在枝頭長出了茶色宛如果實般的東西，我一開始還很納悶「那是什麼呢？」不久之後，果實的顏色越來越深，遠遠望去，會以為杉樹枯黃了。

這時，巖叔開始猛打噴嚏。清一哥去山上工作時，都會密密實實地戴上護目鏡。雖然仍然一臉酷相，但鼻水卻靜靜地流不停。走在村子裡，發現很多婆婆媽媽都戴著口罩。

花粉開始攻擊人類了。

在我試圖逃脫後，小組成員卻沒有半句責罵，再度接納了我，也許是因為他們被同一個時期開始的花粉症所困，忘記罵我了。

巖叔在噴嚏和噴嚏之間的空檔說：

「那個茶色的東西並不是果實，而是杉樹的雄花。」

「啊？那些全部都是嗎？」

我目瞪口呆望著像枯山般環繞整個村莊的斜坡，與喜興沖沖地補充道：

「現在還不算最嚴重，再過一段時間，就會變成一片金黃色。風一吹，樹枝輕輕一搖，花粉就像黃色的霧一樣呼呼地飄過來。」

「與喜，閉嘴。」

清一哥帶著鼻音制止道。

「為什麼？我又沒有說錯，肉眼都可以看到的大量花粉像下雨一樣嘩啦嘩啦、嘩啦嘩啦地攻擊。」

「不要一直說花粉、花粉的。」

巖叔只要聽到花粉這兩個字，就開始呼吸不順暢了。三郎老爹對花粉完全沒有感覺，正用力深呼吸，忙著做暖身操。

「勇氣，你沒有花粉症嗎？」

「對，我沒事。」

沒錯，那時候我還沒事。我笑著回答，完全不知道之後會有可怕的命運等待著我。三郎老爹一臉擔心地說：

「那就太好了。最近很多村民也都得了花粉症，真可憐。」

與喜得知我沒有花粉症，難掩失望地說：

「真無趣。」

與喜像野獸一樣，當然和過敏這種事無緣。即使他把杉樹的雄花吃下肚，應該也完全沒反應吧。媽的，花粉症是文明人的象徵。看來就是這麼回事，嗯。

今年因為下了場晚雪，栽植樹苗的進度大幅落後。中村林業的員工以驚人的速度重新展開一度中斷的整地工作。整地就是將栽植樹苗的山坡整平。

「人手不足啊。」清一哥站在西山的山腰上說，「這裡在皆伐後，有很長一段時間都沒有來整理了。」

「皆伐是什麼？」

「就是將一定區域內的所有林木都採伐光的作業。」巖叔向我解釋，「皆伐在採伐時不費工夫，但整個山坡都禿了。時下成天都在嚷嚷『環保、環保』，再加上也可能造成土石流，所以，現在以選擇性採伐樹木的擇伐為主流。」

的確，那一片山坡完全沒有一棵杉樹，像平原一樣。不知道是鳥群帶來了種子，到處都長了不少低矮的樹木。這些長滿綠油油樹葉的樹木和人工栽植的整齊杉木不同，任意地自由生長。

樹木的高度和我的腹部一般高，枝頭卻綻放著球狀的淡黃色小花。支撐花簇的部分是暗紅色，明顯的色彩對比格外醒目。

「真漂亮。」

「這是接骨木。」

與喜告訴我。他的話音剛落，就舉起斧頭對著還很細的接骨木根部砍了下去。

「你你你、你要幹嘛！」

「幹嘛？當然是在整地啊。」

「好不容易長這麼大，砍掉不是很可憐！」

「你是白癡喔。」

與喜拎著斧頭，用發自內心感到受不了我的眼神看著我，「哪有什麼可憐的，整地就是把山坡上的灌木統統砍光。如果不先整地，就沒辦法栽種，我們就要去喝西北風了。」

與喜像魔鬼一樣揮舞著斧頭，爬上山坡，一棵又一棵地把幼樹砍倒。我啞然無語。我以為林業是和大自然融為一體，沒想到完全不是這麼一回事，與喜根本在破壞大自然。

「皆伐後，如果長了蕨類，樹木就無法生長。只要持續植林，就可以保持山林的環境。」

清一哥對我說：「今天巖叔會教你，他是整地高手。」

然後，清一哥也猛然揮起長柄鐮刀，毫不手軟。三郎老爹撿起掉落在地上的樹枝。

巖叔用力拍了一下我的肩膀。

「日本沒有一個森林不假人工之手，伐木、使用木材、栽植樹木，要維持山林的生態平衡，這一點很重要，也是我們的工作。」

雖然無法完全同意，但我也開始在山坡上整地。由於之前把這裡的杉樹全都砍伐，樹根當然還留在原地，我以為在砍完灌木後，也要把杉樹的根都挖起來。

「怎麼可能？」巖叔笑了起來，「你太小看泥土的威力了。樹根就留在原地，很快就會腐爛變成泥土的一部分。」

那些砍下的灌木又該如何處理？聽說也是把樹枝剪下之後，樹幹就留在原地。

「這裡的灌木還不算太密集，如果地面清得太乾淨，地表會乾掉。乾燥是杉樹苗的大敵。」

巖叔一邊用開山刀俐落地砍下倒在地上的灌木樹枝，一邊向我解釋。我也學他的樣子揮起了開山刀，卻差一點砍到穿著忍者膠底鞋的腳，太可怕了。

「如果是闊葉樹——像是栗樹或是櫸樹時，可以用捲落的方式。」

「捲落嗎？」

「我來示範給你看一下。」

巖叔拿起身邊一根兩公尺長的木棒，看起來像是堅硬的橡木材質，乾燥的樹木經過多年使用，已經油油發亮。

巖叔把木棒插進倒在山坡上的那堆灌木中，用槓桿原理用力抬起，倒木帶著下方的倒木滾下山坡。巖叔只有一根木棒，就巧妙地操控了山坡上的倒木，把所有倒木像粗捲壽司一樣捲了起來。

「太神了！」

我歡呼著，「你試試。」巖叔把木棒交給了我。

我當然不行。倒木各自為政，捲落的方向也亂七八糟。

「熟能生巧。」

雖然巖叔這麼安慰我，但他自豪地告訴我，他的捲落技術是好手中的好手。他說這句話時很得意，連鼻孔都張大了。

「用這種方式捲落後，灌木就會在山坡上形成好幾層阻擋層，發揮土堰的作用，防止土石崩落。」

原來砍下的灌木也可以物盡其用，不僅可以成為山坡土壤的養分，還可以擋土，真是智慧的結晶啊。我不由地感到佩服，捲落示範結束後，我走到山坡的巖叔的身後。

「喂，勇氣！你走路就走路，不要把土都踢鬆呢哪！」位在上方的與喜突然對我咆哮，「表土營養很豐富，是山林的生命！誰在走路的時候會把生命踢走！」

我倒覺得與喜的咆哮可能會引起山崩，但即使挨了罵，我也不知道該怎麼做才對。其他人都穿著忍者膠底鞋，即使在沒有落腳處的陡峭斜坡上也可以輕鬆自如地走路，但我可不行。我努力踩著巖叔的腳印走，但每走一步，腳下就會鬆塌。

「泥土鬆軟代表山林養護得當，含有豐富的養分。」

巖叔再度帶著驕傲笑道。

山上並非只有植物而已，更是昆蟲和動物的天堂。進入春天後，這些生命蠢蠢欲動，不時對我造成威脅。

山坡的整地終於結束，開始栽種樹苗了。

「呃，要用手一棵一棵栽種嗎？」

「你問的根本是廢話，難道還用插秧機嗎？」與喜不以為然地哼了一聲，「在山上，除了人力以外，還能有什麼方法？」

絕望的鐘聲敲響。這要多久才能栽種完……？

「這裡面積不是很大嗎？」

「大個屁，才兩反而已。」

「啥？兩反？」

我偏著頭納悶，巖叔及時相救。

「一反等於三百坪，所以總共有六百坪的面積。」

六百坪！我從來沒有看過哪戶人家有這麼大，只知道這片山林真的很大。

「一反平均種四百五十到五百株樹苗。」巖叔說，「所以，這個山坡上要種一千株。我們總共五個人，平均每人只要種兩百株，小事一樁。」

哪裡是小事一樁。雖然才一大清早，聽完這個心情就像是被重石壓頂，我只好努力振作，開始栽植樹苗。

清一哥似乎終於發現了與喜缺乏教學才能，所以，這次也派巖叔負責教我栽植的方法。

「如果按正方形栽植樹苗，越往山上，上下間隔就會越來越窄。」

我想像著三角形的山上用正方形的方式栽種樹苗後，點頭回答：「對，沒錯。」

「這會造成日照不足，影響樹木生長。所以，在這個山坡上要用上下間隔較寬的長方形栽種樹苗，這叫短形栽植。」

他用鐵鍬撥開落在地上的樹葉和樹枝，露出地表，然後挖了一個坑，用鐵鍬把挖出來的泥土在坑口下方固定，再垂直地將在平地上長到六十公分左右的杉樹苗放入坑內，用手把細土填滿樹根的所有縫隙，再用固定在坑口下方的鐵鍬一口氣把泥土填回坑內，用雙腳把回填的泥土踩實後，試著拉樹苗確認是否確實完成了栽植。

我只能眼巴巴地看著巖叔一連串利索的動作。與喜、清一哥和三郎老爹都在各自的區域變成了人力栽植機。

「來，你來試試。」

巖叔把地盤讓給了我，把裝了樹苗的大布袋交到我手上。我戰戰兢兢地把鐵鍬鏟向地面，鐵鍬輕輕鬆鬆地鏟進了泥土，帶來一股濃濃潮濕的泥土香，一條粗大的蚯蚓也跟著爬了出來。

「嗚哇哇哇哇。」

「不要鬼叫呢哪。」

巖叔抓著蠕動的蚯蚓丟到遠處。真是夠了，這裡的村民都是野蠻人。我小心翼翼地戴上粗工棉紗手套，專心一致地重複挖坑和栽植樹苗的過程。

晴朗的春日，山上只聽到鐵鍬鏟進泥土的聲音、清一哥吸鼻子的聲音，和巖叔斷斷續續的噴嚏聲。旁邊杉林的草叢裡不時傳來動靜，每次都嚇了我一大跳。

「通常都是野兔，」巖叔說，「這一帶沒有熊。」

「那也未必，」與喜危言聳聽，「剛從冬眠中醒來的性急傢伙可能會來這裡，山豬也可能撲過來，還有調皮的猴子會丟石頭，勇氣傻乎乎的，搞不好會被鹿咬。」

這時，那天也一起跟上山的阿鋸興高采烈地跑了過來，把嘴裡叼著的一個好像尼龍繩的東西放在與喜的腳下。是什麼東西啊？我定睛一看，嚇得腿都軟了。

「嗚哇，蛇！是蛇！」

「別大驚小怪呢哪，又不是毒蛇。」

後來我才知道，神去村的村民看到蝮蛇就會興奮。明明是有危險的毒蛇，卻毫不畏懼地伸手去抓。

夏天走進樹林時，要特別小心被蝮蛇咬，但在神去村，反而是蝮蛇要特別小心。因為與喜整天都張著鼻孔嗅聞，尋找蝮蛇的蹤跡。蝮蛇身上會發出類似山椒的氣味，只要一聞到這種味道，與喜就會撥開樹叢。他會把活的蝮蛇浸泡在燒酒裡，或是殺了之後用蒲燒的方式烤蝮蛇。聽三郎老爹說，蒲燒蝮蛇比蒲燒鰻魚更有滋味，我絕對不想吃那種東西。

與喜蹲下來檢查阿鋸帶回來的蛇，因為不是蝮蛇，他有點意興闌珊。

「阿鋸，你把白蛇咬死了，牠可是山神的使者啊。」

阿鋸拚命搖著尾巴，希望得到稱讚。與喜摸了摸牠的頭，牠得意地眯起眼睛，打算再度把蛇叼在嘴裡。

「不行，」與喜推開阿鋸的臉，「不能吃神明的使者。」

與喜大刺刺地抓起蛇的屍體，大搖大擺地走了起來。我看著他，不知道他想幹什麼，發現他把蛇埋在採伐下來的粗大杉樹樹根旁，阿鋸忿忿地看著被搶走的獵物，但下一刻就忘得一乾二淨，再度快樂地在山坡上跑來跑去。

上午的作業完成後，大家集中在山坡的一角，打開了便當。

清一哥用水壺在溪裡裝了清水後，點起篝火煮茶給大家喝。在山上吃便當，即使只是再平常不過的巨大飯糰，吃起來也特別香。

與喜拿了一小坨飯糰放在樹葉上，供在埋蛇的樹根旁。三郎老爹把茶倒進竹筒，也同樣供奉在那裡。所有人都對蛇合掌祭拜，就連與喜也一臉嚴肅地閉上眼睛，沒想到他這麼虔誠。

「勇氣，你會不會覺得很奇怪？」

當我們再度開始吃便當時，清一哥問我。我沒有回答，清一哥笑著說：

「誰都無法預測山上會發生什麼事，最後只能求助神明。所以，山林人要避免不必要的殺生。」

阿鋸專心一志地吃著美樹姊特別為牠準備的便當（裝在布袋裡的狗食）。

上午栽種的杉樹苗翠綠的樹葉隨風搖曳，淡藍色的天空中，飄動著霞霧般的春雲。

由於那幾個人力栽種機大顯身手，作業進度比我想像中更快。

「只要清一他們出馬，一千株根本不在話下。」

「動作稍微慢一點，就追不上他們了。」

三郎老爹用地上的樹枝剔著牙縫說：「畢竟東家是擁有一千兩百公頃山林的大山林

主。」

「是啊，是啊。」與喜和巖叔也一臉驕傲的表情點著頭，但我完全搞不清楚狀況。

「一千兩百公頃有多大？」

「你這傢伙真囉嗦，一千兩百公頃就是一千兩百公頃。」

與喜不耐煩地抓著一頭金髮，我沒有輕言放棄。

「因為我沒有具體的感覺嘛，對了，差不多有幾個東京巨蛋球場那麼大？」

「為什麼要用東京巨蛋來比較？」

清一哥提出一個很合情合理的質疑。

「我沒親眼看過東京巨蛋，所以你問有幾個東京巨蛋那麼大，我也沒辦法回答。」

三郎老爹抱著雙臂說。

「東京巨蛋的面積有多大？」

巖叔問，與喜從工作衣口袋裡拿出手機。

「我來查一下。」

「咦？你不是說，手機在這裡收不到訊號嗎？」

「山上可以收到訊號。」

與喜滿臉不悅地操作著手機。他把我的手機電池丟掉，自己卻帶著手機，到底怎麼回事啊？這個人太自私了吧。

「他總是在工作的空檔和酒店小姐打情罵俏。」三郎老爹小聲對我說。他真不是省油的燈，我要去向美樹姊告狀，叫她沒收與喜的手機。

「查到了，」與喜抬起頭，「東京巨蛋的面積是四萬六千七百五十五平方公尺。」

「所以，」巖叔看著半空掐指計算起來，「一公頃是一萬平方公尺，一千兩百公頃……，相當於兩百五十六個東京巨蛋球場。」

兩百五十六個東京巨蛋！

「哇噢！」

「順便告訴你，一千兩百公頃等於一千兩百一十町，一町等於十反，也就是三千坪。所以，東家名下的山林有三百六十三萬坪。」

「哇噢！」

我昏了。無論用什麼單位換算，都超出了我的想像範圍。我太驚訝了，清一哥擁有這麼大的山林固然可觀，但巖叔的心算能力也太非比尋常了。

「我小時候學過珠算。」

看到我露出尊敬的眼神，巖叔害臊地說。

「並不是只有我們這五個人管理所有的山林，」清一哥又把談話拉回了正題，「中村林業的員工分頭在各個山上作業，如果人手還是不夠，就會發包給山林附近的林業工會，請他們幫忙。」

「像東家這種大山林地主，很少有人親上火線的。」巖叔補充說，「日本的山林地主有八成以上只有不到二十公頃的山林，通常都把整座山沿著山坡細分，擁有其中一小片山林。」

「所以，要買山林的時候，要先調查清楚山坡下方的地主，」三郎老爹插嘴說，「遇到那種壞心眼的地主，會不讓別人經過山下的土地，到時候就會無法運送採伐的木材。」

「是喔。」

我不可能買山林，這個建議對我沒有太大的意義，但我了解了有利益糾葛的人際關係很複雜。

「全國的山林地主中，只有百分之三的人擁有超過一百公頃以上的山林。」巖叔一臉驕傲地說，「東家名下有一千兩百公頃，那些人根本沒法子比，懂了嗎？」

「懂了。」

「這種大山林地主通常都是在現場發號施令、指揮別人，」與喜呵呵笑了起來，「像清一這種喜歡和大家一起流汗的稱得上是絕無僅有，也算是一種變態吧。」

「與喜，你少囉嗦。」

清一哥說著，蓋上便當盒蓋。「日本的林業成為夕陽產業已經多年，即使是大山林地主，坐在家裡享清福的時代已經結束了。」

後來我漸漸了解，清一哥不僅林業技術一流，經營山林也很有一套。

清一哥徹底養護那些較易採伐、離村莊比較近的山林，有計畫地改造成高效率的山林，只要採伐周期順利，樹齡三十年的杉木也可以賺錢。由於國產木材價格暴跌，只要能夠穩定供應一定數量、規格統一的木材，就足以對抗需要額外運輸費用的進口木材。擁有廣大山林的清一哥可以辦得到。

在林業的世界，樹齡三十年的樹算是年輕的。用與喜的話來說，是「小毛頭樹」。很懂得生意之道的清一哥當然也注意到利潤更高的樹木。

清一哥家裡是日本屈指可數的大山林地主，聽說以前光是中村家擁有的山，就可以從神去走到大阪。三重縣中西部到大阪的山幾乎都是他家的，規模相當龐大。

之後，中村家賣了一部分山林，目前擁有的山林比以前少，但中村家代代細心植林，仍然擁有不少長了很多高大的杉樹和檜樹的山林。

樹齡七、八十年，甚至超過一百年的杉樹和檜樹在採伐時也很費工夫，需要相當的技術和心力，由於林業人手嚴重不足，很多地主只能忍痛放棄深山裡的這些大樹，任憑它們生長。

但清一哥把焦點鎖定在那些想要「打造出有品質堅持的家」的客戶們身上。他和建築公司和營造公司簽約，打出「按客戶需求提供優質木材」的口號，也就是創造出「中村林業」這個品牌。或許有人認為木材需要什麼品牌，但是，那些深受「病態住宅」之苦或是想要打造「善待大自然的家」的人，仍然願意出高價選擇中村林業這個品牌。如今，中村林業接高單價的訂單接到手軟。清一哥的計畫成功，他的戰略獲得勝利。

而且，清一哥手上掌握了神去山這張王牌。在村莊的每個角落都可以看到神去山的山頂，那裡也是神去村的最高峰。神聖的深山，那裡……。啊呀，這件事也等日後有機會再寫。

在了解中村家所有的山林有兩百五十六個東京巨蛋球場那麼大後，午休的時間也結束了。大家做著簡單的伸展操，活絡筋骨。下午繼續栽植樹苗。大家各自背起裝了樹苗的袋子。

就在這時，與喜的手機響了。在山上聽到了手機鈴聲覺得很格格不入，是酒店小姐打來的嗎？因為我之前向美樹姊掛了保證，所以就豎起耳朵仔細聽。

「與喜，出事了！」

手機裡傳來美樹姊的聲音，「山太失蹤了，你們趕快回來！」

一行人提早下山，回到村莊時，已經下午三點多了。

祐子姊從家裡衝了出來，撲倒在清一哥的懷裡。

「怎麼辦？怎麼辦？」

不知道是否因為看到清一哥鬆了一口氣的關係，祐子姊哭了起來，「山太原本在庭院裡玩，我稍不留神，他就不見了。」

「別擔心，很快就會找到的。」

清一哥撫摸著祐子姊的背，語氣平靜地說。

村民都聚在清一哥的家裡。山太是在上午十點左右失蹤的。大家看到祐子姊在找兒子後，主動幫忙一起在村裡四處尋找。

繁奶奶也在清一哥家。她說：「東家的少爺失蹤是大事」，要求美樹姊把她背了過來，但年邁的繁奶奶幫不上什麼忙，只能坐在清一哥家客廳的角落。

所有人都一臉抑鬱的表情。山太是小孩子，不可能走多遠，已經找遍了整個村莊就是找不到，難道是掉進河裡，或是被外人帶走了？

我想起山太天真無邪的笑容，胸口隱隱作痛。坐在旁邊的與喜也不發一語，一根接一根地抽菸。在山上工作時，可能擔心會引發山林大火，所以大家都沒有抽菸的習慣。那是我第一次看到與喜抽菸。

有幾個人分頭去村莊尋找，但都一無所獲、垂頭喪氣地回來了。

「是不是該報警？」

終於有一人開口了，他是住在河對岸的山根大叔。聽到他這麼說，坐在客廳裡的人也七嘴八舌討論起來。

「有沒有去兵六沼找過？」

「山太怎麼可能走去那麼遠的地方。」

「誰知道呢，不怕一萬，只怕萬一。」

「別說了，真不吉利。」

「河邊有沒有腳印？」

「叫你別說了，對了，有沒有看到來路不明的車子。」

「如果有外車，早就用廣播通知了。」

神去村有發生災害時用的廣播，平時主要用來通知「有陌生的車子進入本村，請大家注意居家安全」，可見這裡真的是很少有外人造訪的鄉下地方。

村民仍然議論紛紛，一方面為失蹤的山太擔心，同時也為發生了突發事件而情緒激動。況且，失蹤的是大地主清一的兒子。我在這些習慣了悠閒生活的村民身上感受到殘酷和好奇心。

與喜也覺得這些說話聲很刺耳，他憤然地站了起來。

「唉，有時間在這裡說廢話，還不如再去找一下！」

「給各位添麻煩了，」清一哥雙手扶在榻榻米上，向大家磕頭說：「請大家幫幫我。」

客廳內鴉雀無聲，那些七嘴八舌的村民尷尬地互看。「對啊，再去找找。」「東家，你可別這麼見外。」大家一邊說著，紛紛站了起來。

「好，」與喜開了口，「那就分組行動，找遍村莊的每個角落。」

「等一下呢哪。」

一個沙啞的聲音響起，是繁奶奶。

「即使找遍全村也沒用，大家都坐下。」

繁奶奶是神去村的耆老，沒人敢違抗她的話。怎麼了？怎麼了？大家又在榻榻米上坐了下來，目光集中在繁奶奶身上。

繁奶奶嘴巴動了半天，終於嚴肅地開了口。

「山太……恐怕是遭神隱了。」

啥！？現在居然還有人說出神隱這種非科學的觀點，我差點噗哧笑了起來，但其他人的表情都很認真。

「喔，原來是神隱。」

「今年是大廟會年。」

「大山祗神。」

我隱約聽到村民竊竊私語，神情嚴肅地點著頭。喂，喂，真的假的？

「呃……」我惶恐不安地舉起了手，「有什麼廟會嗎？大山祗神是誰啊？」

客廳的談話聲頓時停了下來，所有人都盯著我看。

「這和你沒有關係呢哪。」

山根大叔說，其他人也都點頭說「是啊，是啊」。

於是，我第一次明白，在神去村，我終究是個外人。即使我和清一哥他們一起流著汗在山上工作，也無法融入這些從小在村裡土生土長的人之中。

清一哥、與喜、祐子姊、美樹姊、繁奶奶、三郎老爹和巖叔並沒有點頭，如果連他們都有所表示了，我恐怕會當場離開，無論走上幾個小時的山路，我都會想盡辦法離開這個村莊。

什麼叫「和我沒有關係」！我內心憤慨不已，但還是忍了下來。現在不是為這種事生氣的時候，山太迷了路，可能正在某個地方哭著。我這麼告訴自己。

繁奶奶用比剛才更有力的聲音開了口，似乎想要化解客廳的尷尬氣氛。

「大廟會這一年，神明偶爾會召喚小孩子。我們必須淨身去山上把小孩接回來。」

繁奶奶的話聽起來像是預言。繁奶奶，帥喔。

「繁奶奶，是要去神去山迎接的意思嗎？」

清一正襟危坐著問。

「是啊。」

繁奶奶簡短地回答，然後，就像是完成了使命般，閉上眼睛，一動也不動。她該不會說完一生一度的重大預言就氣絕身亡了吧？我以為繁奶奶一命嗚呼了，嚇出一身冷汗，但看到她嘴巴微微動著。她好像只是睡著了而已。

清一哥當機立斷。

「我們去神去山。中村組和我一起上山，祐子，妳去準備讓我們淨身和乾淨衣服。」

「好哩！」

與喜猛然站了起來，我搞不清楚狀況，也跟著起身。

客廳頓時鼓譟起來。

「東家，勇氣進神去山不太合適吧？」

「現在還不是時候哪。」

清一哥毅然回絕了這些意見。

「平野勇氣是神去村的一份子。神去的神明有什麼理由拒絕他？」

沒有人對東家的決意提出質疑。山根大叔和其他人都露出難以接受的表情，但沒有人再反對。

「由巖叔帶路。」

聽到清一哥這麼說，始終不發一語的巖叔默默點了點頭。他似乎有點緊張。

「對喔，有巖叔在。」

「只要巖叔出馬，神明也……」

客廳再度響起竊竊私語。他們不時瞥著巖叔，相互使著眼色，露出滿意的表情。到底是怎麼回事？有什麼話就大聲說出來，不要偷偷地說！

我還沒有擺脫剛才的打擊，村民的態度讓我無法靜下心來思考。當下，我還沒有察覺，在這個小村莊裡，場面話和八卦是村民生活的潤滑劑。

操心了一天，臉色蒼白的祐子姊打開客廳的紙拉門，探頭進來說：

「水已經準備好了。」

「謝謝。」

清一哥再度拜託聚集在客廳的所有人，「各位，那我們就準備出發了。家裡備了酒和晚餐，如果沒事的話，請在這裡等我們回來。」

「路上小心。」

「我會祈求你們順利歸來。」

村民三呼萬歲，還有老太太熱淚盈眶。這是把我們當成要出征了嗎？

我難以理解他們的小題大作，只好跟著同組成員一起走進清一哥家的浴室。位在大客廳最深處的浴室內有一個檜木浴缸，和稍微像樣一點的旅館大浴場差不多。

「你平時也都在這裡洗澡嗎？」

這裡的更衣室和公共澡堂的差不多大，我從更衣室探頭向浴室張望，驚訝地問。

「平時都是在一般家用浴室洗澡，不然水費太可怕了。」清一哥俐落地脫下工作服回答，「這個浴室是在聚會或廟會的時候讓客人用的。」

請客人洗澡已經夠猛了，沒想到家裡還有兩個浴室。東家氣派的生活簡直就像以前的城主。

三個大水龍頭的水不斷注入檜木浴池。……嗯？水？我有一種不祥的預感。

「勇氣，動作快一點。」

在一絲不掛的三郎老爹的催促下，我急忙脫下工作服。五個全裸的大男人從更衣室走進了浴室。

浴缸內完全沒有冒出熱氣，果然是冷水。春天傍晚的浴室冷颼颼的，我全身都起了雞皮疙瘩。浴室角落放了一大坨鹽。

冷水突然從我的頭上淋了下來，我跳了起來，根本叫不出聲音。與喜拿著檜木桶哈哈大笑著。

「你你你、你幹什麼！我會心臟病發作死翹翹！」

「別擔心，你看看三郎老爹。」

最年長的三郎老爹單膝跪在浴室的地上，用水桶舀起浴池裡的水，沖在自己身上。光是在一旁看著，命根子就縮了起來。

「這是哪門子修行？」

「不是修行，是淨身。」

與喜說著，抓了一把鹽在身上搓了起來。「快，你快動手啊。」

為什麼要用鹽洗身體？我覺得自己好像變成了醃菜，渾身發抖，用鹽搓著身體。與喜又用浴池裡的水從我的頭上淋了下來。也許身體已經麻痺了吧，用鹽搓過的皮膚從體內熱了起來。

最後，把脖子以下的身體都浸泡在裝滿水的浴池裡時，我竟然笑了出來。明明山太的下落不明，根本不是該笑的時候，但牙齒因為太冷無法咬合，當我回過神時，才發現自己發出了「啊哈哈哈哈」的笑聲。

淨身儀式終於結束，我們換上了浴室外的白色衣服。有點像是修行僧的衣服，下半身說不清是裙褲還是簡單的長褲，小腿的部分特別窄，我不知道該怎麼穿，只好請三郎老爹協助。幸好這身行頭沒有看到類似烏鴉天狗妖怪戴在頭上的黑色小帽子，不由地暗自慶幸。

我們穿上不合時宜的落伍裝扮來到庭院。太陽漸漸下山了，如果不趕快上山，在找到山太之前天恐怕就暗了。山上的氣溫會急速下降，到時候就很危險。

巖叔坐上小貨車的駕駛座，其他人都坐在車斗上。阿鋸也跑過來吠叫著，想和我們一起上山，與喜說：「不行，今天你在山上殺生了，萬一惹惱神明就慘了。」

巖叔開著小貨車前往位在村莊南側的神去山。車子發動後，與喜、清一哥、三郎老爹拿起筷子大小的木梆子，拚命敲著掛在胸前像盤子一樣的鑼。

叮叮、噹噹、叮噹叮噹。日落前的山裡迴盪著不甚悅耳的金屬聲，小鳥嚇得飛離了樹梢，回巢的烏鴉呱呱地叫著。

我用雙手捂住耳朵，不想聽這蓋過引擎聲的鑼聲。

「為什麼要敲鑼？」

小貨車駛過一個舊隧道，駛入沒有鋪柏油的小徑。車斗用力搖晃起來，我差點咬到舌頭。

「突然造訪不是很失禮嗎？」三郎老爹說，「這樣可以通知神明，我們現在要去叨擾了。」

「你也跟著敲。」

在與喜的要求下，我也只好敲著掛在胸前的鑼。叮噹叮噹。小貨車滿載著嘈雜的聲音前進。

十五分鐘左右的車程後，接著下車在林間道路走了二十分鐘，終於抵達了神去山的入口。

在一座搖搖欲墜的小祠堂旁，有兩棵綁著稻草繩的杉樹，杉樹之間有一條看起來像是獸徑的小路。小路一直通往山的深處。

山太一個人不可能來這裡。雖然我這麼想，卻說不出口。因為我知道，這裡是清一哥他們最後的希望。

這個世界上怎麼可能發生神隱這種事？山太根本不可能跑來離家這麼遠的神去山。但是，如果山太不在這裡，那麼就是掉進了河裡，或是被陌生的變態帶走了，甚至可能在附近的山裡迷路了。無論如何，都代表山太的處境很危險。我不希望發生這種事，所以，我一路上都沒有開口，努力讓自己相信山太就在神去山。

與喜他們似乎堅信山太就在這座山裡，走在最前面的巖叔背影，以及繼續敲鑼的與喜臉上都充滿希望和自信，我不需要回頭，就知道走在我身後的清一哥和三郎老爹也一樣。

為什麼？以常理來判斷，根本不可能啊。

我雖然在一開始感到不可思議，但走在鬱鬱蒼蒼的森林中，也開始相信山太就在這座山裡。我抬頭往前走，敲著胸前的鑼，聲聲呼喚著：「山太，山太。」

現在回想起來，可能是因為冷水和鹽的刺激，和不斷迴響在耳邊的金屬聲音，使我陷入了輕度的恍惚狀態。這就是所謂的自然嗨嗎？神去山的險峻山路，以及只有神域才有的莊嚴氣氛，還有闊葉樹的森林都讓我在這種恍惚之中越陷越深。

沒錯，神去山和村莊周圍的其他山不同，完全沒有栽植杉樹和檜樹，因此，山上生長了各種不同的樹木，每棵樹都出奇地高大。

夕陽映照的山坡上，金黃色的斑駁光點從樹葉縫隙灑了下來，壓彎了枝頭的黃色棣棠花也不遑多讓。路旁有一片野薔薇，羞澀地張開五片白色的花瓣，甜蜜的芬芳掠過鼻尖。溲疏枝頭結了許多小花蕾，十五公尺高的白蠟樹頂著泡沫般的白花，纏繞在橡樹上的五葉木通蔓藤綻放出明亮的紫色花朵。

當然，當時我並不知道這些植物的名稱，只覺得「好漂亮」，為夜幕逐漸降臨，無法看清周圍的景色感到惋惜。

花香幾乎令人喘不過氣。除了嗅覺以外，聽覺也格外敏銳。原以為森林中一片靜謐，沒想到完全不是這麼一回事，隨時可以聽到樹葉掉落、樹枝搖曳的聲音。風掠過樹梢，鳥兒匆忙地啼叫著，好似在催促著「天快黑了」，甚至可以聽到鹿或是其他動物啃樹皮的聲音，以及遠處小溪的流水聲。

積滿枯葉的地面十分鬆軟，隔著忍者膠底鞋，依然可以感受到泥土含有豐富的水分和養分。

這裡簡直是夢幻世界，沒想到神去村居然有這種地方。我沉醉地邁著步伐，幾乎忘記進入神去山的目的。啊，真希望可以永遠留在這裡。

薄暮籠罩住森林，巖叔打開了手電筒。

慘了慘了，現在不是發呆的時候。雖然感覺在森林裡走了很久，但其實距離太陽下山只過了十分鐘而已，還沒有走到神去山的半山腰。我對時間的感覺已經完全錯亂了。

這就是山的魔力嗎？就連野蠻人與喜也變得虔誠，我終於可以理解進入神域之前要淨身的理由了。深山的這種奇妙難以用理智和在平地上的常識來理解，令我有點害怕，但也同時感受到樂趣。雜亂的部分和某種力量堆砌出井然有序的部分複雜地交織在一起，那是我第一次接觸到神去村根源的瞬間。

「山太，山太。」

清一哥他們繼續叫喊著，為了拋開腦海中的驚愕，我也大聲喊了起來：

「山太，你在哪裡？我們來接你了，快出來。」

這時，小徑的前方，一個嬌小的人影衝入巖叔手電筒的光環中。我們異口同聲地叫了起來。

「山太！」

山太也發現了我們，一個勁地向我們跑來。

「爸爸！」

雖然我和與喜都張開雙臂迎接山太，但山太跑過我們身邊，撲向走在最後的清一哥。清一哥跪在地上，緊緊抱住了山太的身體。

「太好了，山太，你有沒有受傷？有沒有哪裡覺得痛？」

「沒有，沒有地方痛。」

即使山太這麼回答，清一哥仍然不放心地撫摸著兒子的身體檢查著。清一哥閉著眼睛，身體因為放心和興奮微微顫抖著。

三郎老爹將懸在腰上的御神酒灑在周圍的地上。

「謝謝，謝謝祢把山太還給我們，謝謝。」

三郎老爹拍了拍手拜神，我們也跟著拜了起來。夜晚風聲呼嘯的森林，有一種讓人不得不敬畏的威嚴。

山太到底是怎麼來到神去山的？該不會有壞蛋故意搗蛋，把他帶來這裡？我百思不解，不知道山太到底發生了什麼事？

其他人似乎也很在意這件事。下山的路上，與喜問清一哥背上的山太：

「山太，你是怎麼來這裡的？你剛才在幹什麼？大家都很擔心你。」

「我跟你說喔，」山太揉著惺忪的眼睛，「一個穿紅衣服的漂亮姊姊問我『要不要來玩？』」

「漂亮的姊姊是誰啊？」

「不知道，我不認識。」

「你怎麼可以跟不認識的人走。」

「但是，她人很好啊。我回答說『好』，結果就咻地一下，有好多花，還有好多水果，我吃了很多桃子、柿子和葡萄。」

這個季節不可能有這些水果。我和與喜互看了一眼，清一哥沒有說話，默默地趕著路。

「啊，」與喜用手指揉著眉間，「咻是什麼？你說的咻是什麼？」

「飛起來了啊！」山太在清一哥的背上興高采烈地張開雙臂，「房子變得好小。」

「是喔，然後呢？」

與喜沒有多問這個話題，想繼續了解後續狀況，山太有點不高興，但還是回答：

「結果，有一個穿白衣服的姊姊說：『你該回去了』。」

這次又是白衣服的女人？我偏著頭納悶。現在很少有人穿鮮紅色或是純白色的衣服了，難道是消防隊員或是在醫院工作的人？

「嗯，」與喜似乎也不知道該怎麼理解，「白色衣服的姊姊也很漂亮嗎？」

「這……」山太頓了一下，「但是她很溫柔，紅衣服的姊姊一下子就走了，但白衣服的姊姊一直陪我玩，拉著我的手，把我送到爸爸這裡。」

難道是喜歡男童的變態姊妹？我實在太擔心了，忍不住問：

「你不覺得害怕嗎？」

「不害怕，我很開心。」

然後，山太趴在清一哥的背上，很快就睡著了。

「山太遇見了神明。」

三郎老爹感慨地說。

「對，」巖叔說：「和我那時候一樣。」

「什麼？」我轉過頭，「巖叔，你也曾經……遭神隱嗎？」

「勇氣，看著前面走路，小心跌倒。」

巖叔揮了揮手，提醒我小心，然後用陷入回憶的聲音說：「已經是幾十年前的事了，我也像山太一樣突然失蹤了。大人都驚慌失措地四處尋找，結果看到我在神去山笑得很開心。

我已經不太記得了。」

「是啊，是啊，」三郎老爹說，「那一年也剛好是大山祇神大廟會年，所以是四十八年前。」

「有那麼久了嗎？」

「是啊。」

他們還真不當一回事。雖然最後終於找到了，一切平安無事，但失蹤的過程至今仍然是個謎。天底下真的有神隱這種事嗎？山太應該是被戀童癖的姊妹綁架了吧？

雖然我心裡這麼想，但看到山太睡得很香甜的樣子，就覺得什麼都不重要了。山太沒有受到任何傷害，他和兩個奇怪的女人在神域的山上度過了愉快的一天，這樣就足夠了。

在山上，無論發生多麼不可思議的事都不足為奇。

皎潔的圓月照亮了夜晚的山路，靜靜守護著我們，完全不需要手電筒。月光照射下，樹葉閃著銀光。

在玄關等候的祐子姊一看到我們時，無聲地尖叫出來，接過熟睡的山太。清一哥用手掌輕輕地抹去了祐子姊臉上的淚痕。

中村家燈火通明，大家為山太的平安歸來舉杯慶祝，所有村民都參加了這個通宵宴會。三郎老爹在皺巴巴的肚子上畫了一張人臉跳著舞，山根大叔一展他引以為傲的歌喉，繫奶奶用手打著拍子，卻完全跟不上節奏。美樹姊的父母安慰著清一哥，與喜聽到美樹姊稱讚他：「你偶爾也可以派上用場」，開心地乾了杯。

巖叔心滿意足地坐在客廳角落吃菜，我在他身邊坐了下來，為巖叔的杯子裡倒了酒。

「不好意思，你也喝吧。」

「不，我是未成年，喝茶就好了。」

「你真守規矩。」

我們看著村民熱鬧慶祝，山太早就已經上床睡覺了，祐子姊也不在，可能在陪山太睡覺吧。

「巖叔，你沒有對山產生恐懼嗎？」

「什麼？」

「你不是遭到神隱嗎？萬一有什麼閃失，搞不好一輩子都回不了家啊。」

「我沒想過。」巖叔靜靜地搖頭，「不管有沒有遇過神隱，山都很可怕。我之前在山上工作時，曾經因為突然變天差點遇難，但我從來沒想過不再上山。因為我受到了山神的祝福，所以，活著要上山，死也要死在山上是天經地義的事。」

太猛了。上山工作不是工作，成了一種生活態度。以前，我身邊從來沒有大人說過類似的話。而且，巖叔說話的語氣很平淡，太帥了。

我有朝一日也會希望自己「活著要上山，死也要死在山上」嗎？

黎明時分，宴會終於結束。美樹姊背著繁奶奶，我拖著酩酊大醉的與喜回了家。

「我老公真是沒用。」

美樹姊費了很大的力氣，為與喜脫下了忍者膠底鞋，輕輕踹了一腳躺在客廳的與喜屁股，他照樣呼呼大睡。

我精疲力盡，好不容易爬到自己的被子旁，來不及脫下一身宛如修行者的衣服就倒頭大睡，一覺睡到中午。

山太回家後，發燒在家躺了三天，但很快就復原，比之前更加生龍活虎，整天都可以看到他在村裡跑來跑去。

他似乎已經把遭神隱期間的事忘得一乾二淨。

我腦袋昏昏沉沉的。

聽到我這麼說，與喜吐槽說：

「你不是整天都魂不守舍嗎？」

我發燒了，在與喜家三坪大房間內呻吟著。噴嚏猛打，鼻涕流不停，鼻子、眼睛、耳朵和喉嚨都開始發癢。

像妖怪一樣坐在我枕邊的繁奶奶為我擦著汗和鼻水，美樹姊為我煮了加了酸梅的粥，我並不是吃壞肚子，根本不需要喝粥，但還是心存感激地吃了。吃粥時仍然噴嚏不停，打得我肚子都快抽筋了。

我得了花粉症。來到神去村的第一個春天，我所吸入的花粉量就一下子衝破了我這輩子的額度。

在山上工作時，花粉飄然降落。花粉把整個山坡都染成一片金黃色，在工作結束的傍晚，我們就像是裹了麵衣，剛起鍋的炸蝦。

清一哥和巖叔除了戴護目鏡以外，把整個身體都包得密密實實，完全看不到皮膚。他們用毛巾把頭連同耳朵包起來後，再戴上安全帽，鼻子以下也用毛巾包起來。鼻子以下當然戴了抗花粉專用的口罩。為了防止花粉入侵，甚至用白布把袖口和褲管都紮了起來。

「除了黏膜以外，連皮膚都覺得癢。」

「對啊，今年的花粉量特別多。」

他們兩個一身既像游擊隊，又像是蜂農的裝扮，在休息時間抱怨著。至於與喜、三郎老爹和阿鋸，不管是天空飄下花粉還是降下刀子，他們依然不為所動。我覺得鼻腔深處熱熱的，腦袋也昏昏沉沉，還以為自己感冒了。

那次地震後，我終於知道自己不是感冒。當時，我們進入了西山的深山，疏伐三十年生的杉樹。

樹齡超過二十年的樹林通常每隔五年就要疏伐一次，留下有機會成為優質木材的樹木。如果不疏伐，樹木會過度密集，妨礙彼此的生長，也會影響日照。但是，也不能疏伐過度。尤其是檜樹，日照過度，反而容易枯死。

精準判斷砍伐哪棵樹，留下哪棵樹並不容易。必須根據立地條件、枝葉生長情況，留住「這棵應該不錯」的樹，讓它成為五十年生、七十年生的大樹。

然而，疏伐所砍下的樹木並非不好。多虧有了這些樹木，才能夠避免其他樹木受到風雨的侵襲，也可以確保適度的日照，讓土壤更肥沃。而且，三十年的樹木在疏伐下來後，還可以當作木材出貨。

我不知道該疏伐哪棵樹，也沒有足夠的技術可以伐倒樹木，所以，只能負責搬運伐倒的樹木。

「以前，連樹皮都不會浪費。」三郎老爹說：「四月到九月期間，可以輕而易舉地將樹皮剝下來。」

「十月到三月期間樹皮剝不下來嗎？」

「剝不下來。樹木不都在暖和的季節生長嗎？所以，樹皮也會鬆鬆的，讓樹幹有空間生長。但冬季就不行了，樹皮會緊繃，貼在停止生長的樹幹上。」

老一輩的觀察入微，才會發現樹木的生長奧秘，太了不起了。

三郎老爹靈巧地用小型短斧把伐倒杉樹的皮剝了下來，頓時飄來一股新鮮的木材香氣。從深褐色的粗糙樹皮下，露出富有光澤的樹幹，簡直就像在變魔術。

「從剝下的樹皮量可以算出伐倒了多少樹木，才能領到工資。」

「現在不剝皮了嗎？」

「很少再剝了。現在也不再用樹皮引火，派不上用場了。而且，剝了皮之後，木材容易乾燥而裂開。」

中村林業的薪水不是抽成制，而是根據進山工作的天數計算。當然，技術和經驗不同的人，所領到的薪水也不同。我這個見習生領到的錢應該不到與喜薪水的三分之一，但能夠領到錢，我就已經心存感激了，因為我的工作績效連與喜的四分之一都不到。

我和三郎老爹一起把尚未剝樹皮的原木堆在斜坡上。剛採伐下來的原木很重，雖然三郎老爹說：「只要掌握到支點再扛，就不會覺得重」，但我還是搬得東倒西歪的。

為了避免最下方的原木直接接觸地面，必須先鋪上樹枝和樹葉。同時，以立木作為支柱，交錯地堆放原木，放置一百天左右靜待風乾。等乾燥變輕後，才會把原木搬運下山。

清一哥正在不遠處的斜坡上挑選疏伐的樹木。他用開山刀微微削去樹皮做記號，與喜和巖叔把繩子綁在做了記號的樹木上，砍伐時，可以視實際需要拉繩子，調整樹木傾倒的方向。

砍倒斜坡上的杉樹時，評估砍伐順序及傾倒方向很重要，一方面確保作業員的安全，同時提升砍伐樹木的搬運效率。與喜難得神情專注地投入工作，清一哥偶爾會徵求三郎老爹的意見，三郎老爹總是快、狠、準地做出判斷，發出指示。

「先伐那棵樹，追駒方位，然後再來是那棵，左駒逆。」

我第一次聽到時根本聽不懂他在說什麼。那是什麼暗號？聽了巖叔的說明，我才終於搞懂了。「追駒」和「駒逆」都是代表伐倒的角度。

面對稜線的方向，將樹木向右側伐倒稱為「右斧」，向左側伐倒則稱為「左斧」。伐倒的角度又細分為八個方位。「追駒」是指向右斜上方伐倒，「駒逆」是指倒向斜下方四十五度。水平方向稱為「橫木」，正上方為「權兵衛」，正下方是「滴尿」。

令人驚訝的是，與喜每次都可以精準地按照三郎老爹指示的角度伐倒杉樹。而且，只用一把斧頭就搞定，名副其實的「神工鬼斧」，是專業級的。雖然有點不甘心，但我不得不欽佩與喜的厲害。

「只有笨蛋才會把樹向權兵衛和滴尿的方位伐倒。」巖叔告訴我，「如此一來，伐倒的樹木會滑落斜坡，很危險。尤其是滴尿的方向更是差勁中的差勁，樹木倒下時，會用力撞擊斜坡後彈起折斷，如果不小心打到人，絕對當場斃命。」

「一不小心『滴尿』了，還真的會嚇得屁滾尿流。」

三郎老爹搖著頭。

「除非有很大的障礙物，否則，往稜線的方向伐倒是基本原則，」巖叔插嘴說，「可以提升砍伐和搬運的效率。」

我看著與喜揮著斧頭的身影，他這時退到了比樹木更高的斜坡上，伐倒樹木之前，他一定會高唱三次伐倒方向：

「追駒，追駒，追駒！」

「好哩。」

我們齊聲回應，代表「我們聽到了，我們會待在安全的地方，你隨時可以伐倒」。與喜的技術讓人無須擔憂，但如果伐木者的技術不成熟，無法準確地讓樹木倒向事先判斷的方向，一起工作的夥伴有再多的命都不夠。

與喜接著用斧頭柄敲了樹幹兩次。

「這是什麼意思？」

「這是與喜的習慣，」三郎老爹笑著說，「砍倒大樹時，通常都用這種方式向神明打聲招呼，『我要砍這棵樹囉』。此外，敲一敲樹幹，有時候也可以了解樹幹內有無空洞。但其實砍這種細樹時不需要這麼做，但他已經習慣成自然了吧。」

與喜調整了呼吸，舉起斧頭。哐、哐，斧頭砍進樹幹，清脆的聲音響徹整個山頭。樹梢搖晃著，杉木緩緩倒向稜線的方向，完全沒有傷及周圍的樹木。

我心生佩服地看著與喜伐樹。

「有點不對勁。」

三郎老爹說。他的話音剛落，地面搖晃起來。我以為是杉木倒地引起地面震動，但發現並不是這麼一回事。

「地震！」

我大叫一聲。震度應該三級左右，但在山上感受的搖晃更劇烈。

「蹲下！」

三郎老爹按著我的安全帽。清一哥和巖叔正在樹幹上做記號，巖叔立刻抬頭看樹梢，確認搖晃的情況，清一哥大吼一聲：

「與喜，快閃！」

與喜剛把斧頭砍進另一棵杉樹，杉木被砍出受口之後變得重心不穩，萬一因為地震倒向不該倒的方向，很可能會壓死人。與喜在地震劇烈搖晃之前，以驚人的速度衝上斜坡，朝我們跑來。阿鋸也蹦蹦跳跳地跟了上來。

當與喜逃到我和三郎老爹身旁時，搖晃達到了顛峰。咚。整座山發出重重的聲響，不見蹤影的鳥兒嘰嘰喳喳地叫了起來。斜坡上的樹木枝頭劇烈晃動著，杉樹的花粉好像鵝毛大雪般灑了下來。

腐、腐海！

我忍不住聯想到宮崎駿的《風之谷》，「午後的孢子滿天飛……」。我做夢都沒有想到會在現實生活中看到如此夢幻的景象。

聲音消失了，閃著金黃色的小顆粒在眼前飄浮，落到地面。

「震得真厲害。」

「與喜逃命的速度真快。」

「幸好沒有人受傷。」

「有什麼好笑的呢哪，我的卵葩都縮起來了。」

同組的成員互看著笑了起來，花粉從天而降，全身都黃了。

「勇氣，你怎麼了？」

清一哥探頭看著不發一語的我。

「啊……啊啾！」

我打了一個大噴嚏作為回答。那是我的發病指數衝破極限，引發花粉症的關鍵時刻。

那天下班後，我發了高燒。我被送去村莊內唯一的診所，拿了抗過敏的藥。醫生比三郎老爹更老，在診察期間，莫名其妙地發抖。我每次打完噴嚏三秒後，他就用力抖一下。喂，喂，沒問題吧？

在繁奶奶和美樹姊的悉心照料下，我漸漸退了燒，但花粉症仍不見好轉。

結果，我的身體開始大量飆淚和猛流鼻水。

「反正花粉症不會死人，加油吧！」

與喜一大清早就活力十足。如今，我們這組超過一半的人都像是游擊隊（或是蜂農）的裝扮，實在太好笑了。

花粉症的確死不了，但渾身癢得讓人想死！我昏昏沉沉地瞪著與喜。真希望你也得花粉症，看你體會這種痛苦後，還敢不敢說這種話。

與喜完全沒有感受到我詛咒的視線，在清一哥家的庭院和阿鋸玩得不亦樂乎。

「花粉症還真奇怪，」三郎老爹偏著頭，「好像和年齡無關，到底是什麼原因引起的？」

「應該是體質吧，」清一哥吸著鼻水，「與喜，快過來，我要開始說明了。」

我們圍坐在庭院的桌旁，討論當天的作業。

「明天要在後山舉行每年一度的賞櫻大會。」清一哥說，「所以，今天要清掃會場，整建通往會場的道路。」

賞櫻？神去村的春天來得很晚，但染井吉野櫻也已經凋落了。前一陣子，在河畔路上、民房庭院和口山（神去村稱離村莊很近的山為口山）隨意綻放，宛如粉紅色篝火般的櫻花經常讓我看得出了神。

現在哪裡還有櫻花？我的臉上寫滿了問號。

「對喔，你還沒看過神去櫻，」與喜得意地笑了笑，「可壯觀囉。」

「勇氣今天就在山下工作吧，」三郎老爹故弄玄虛地說，「等明天再好好賞櫻。」

「是啊，」清一哥也點點頭，「那我和三郎老爹去清掃櫻花樹周圍區域，與喜、巖叔和勇氣負責整路。解散！」

後山位在清一哥家的後方，所以稱為後山。走在作業現場的斜坡時，巖叔向我介紹了賞櫻的情況。

「後山的山頂上開拓了一個小型廣場，廣場上種了一棵村民稱為神去櫻的大樹，每年的這個時候，全村的人都會聚集在廣場賞櫻。」

「是喔，真好。」

「大家無拘無束地暢飲、歌唱，很開心喔。」與喜也說，「唯獨賞櫻那一天，即使泡馬子，也不會有人囉嗦。」

「但君子只能動口不能動手，」巖叔叮嚀道，「想當年，與喜還在讀高中時，把美樹按倒在樹叢裡，引起很大的風波。」

這傢伙真是禽獸不如。

「之後我不是負起責任，把她娶回家了嗎？」

這有什麼好神氣的？不過，我忍不住臉紅起來。雖然與喜和美樹姊這對夫妻整天吵架，但和他們生活在一起的我最清楚，他們還在談戀愛。

「賞櫻的時候，老人和小孩不是都會參加嗎？」巖叔重拾原來的話題，「他們要爬上後山山頂很費力，所以，要為他們整出一條路。」

整路時，使用的是疏伐砍下的木材。為了一年一度的賞櫻大會，把後山上砍下來的杉木都放在斜坡上乾燥，就可以運用這些原木整建步道。

以平緩的角度把原木堆放在斜坡上，為了避免鬆脫滑落，原木的兩端用木樁或立木的根部固定。把這些原木連結起來，就整建出一條曲折延伸的步道直通山頂。對山林人來說，後山的坡度根本不在話下，原木道是為那些沒有腿力的老幼村民而建。

我在巖叔的指導下，整建半山腰到山腳的步道。與喜負責整建山頂到半山腰的步道，中午的時候已經追上我們了，我們剛好在溪流附近會合。我們用清澈的溪水潤了潤喉，開始吃便當。清一哥和三郎老爹現在應該也在山頂上休息。

「這條溪谷要怎麼辦？」

我問。上午爬上後山時，經過溪谷時，也費了我一番力氣。溪谷的寬度大約三公尺，幾乎算是一條河流了。雖然有多處的岩石露出水面，但踩在濕濕的岩石上很容易滑倒。我也不小心踩空，穿著忍者膠底鞋的腳踩進了溪流。雖然溪流不深，水流也不快，不至於被水流沖走，但對山太那樣的幼兒來說就太危險了。

「當然要架橋啊。」

與喜咬著巨大飯糰說。

「啊？也用原木嗎？」

「除了原木，還有其他材料嗎？」

原木可以建造牢固的橋嗎？我不由地感到疑惑。

「別擔心，」巖叔笑了笑，「你猜把深山裡的木材運出來時是怎麼辦到的？就是用伐倒的原木搭建修羅滑道。」

「修羅滑道？」

「對。修羅滑道就是用原木在陡峭斜坡上鋪設的滑梯。原木在修羅滑道上一路滑落到幾百公尺的下方，場面很壯觀喔。」

「只要把滑下修羅滑道的木材再運到路上，就大功告成了。」與喜接著說了下去，「但是，如果中途有山谷的話，不是沒法子鋪設修羅滑道嗎?這種時候，就輪到木馬道大顯身手了。」

「木馬的外形和雪橇差不多。」

巖叔在談論林務時，雙眼綻放出和平時不同的光芒，「就是載運木材後，靠人力拖運的雪橇。木馬道就是專門讓木馬通行的枕木道。在山谷豎起幾根木柱，再把搭成梯狀的枕木架在木柱上。你可以想像一下鐵橋的樣子，只是改成木製版而已。架設木馬道經過山谷後，就可以用最短路徑把木材運下山。」

架設在山谷上的木製梯子，支柱也是原木。光只是想像，我就起了一身雞皮疙瘩。

「有時候會在距離谷底數十公尺高的位置架設木馬道。」

與喜挺起胸膛說，「所以，在這種好像小便池一樣的小溪上，用原木架設木橋是小事一樁，根本是躺著也能架。」

「在山上工作，一旦大意，就會讓你吃不完兜著走。」

巖叔訓戒著與喜，然後，又轉頭向我補充說：

「照理說，山上的工作採取分工制，但眼下人手不足，也引進了機械，只要是人力所及的事，全都一手包辦。我們這組主要負責伐倒，算是伐木工。在伐木工中，像與喜那樣只靠一把斧頭工作的人稱為樵夫。把伐倒的樹木劈開，做成木材的人稱為鋸木工，由其他組負責。把原木和木材從山裡運送出來的人稱為搬運工。鋪設修羅滑道、架設木馬道的工作基本上都由搬運工負責。」

「是喔。」

沒想到分工這麼細，可見各項作業都很專業，需要累積多年的經驗。我現在連銼鋸齒都不太會，有朝一日，能夠成為伐木的行家嗎？

啊，銼鋸齒就是把齒刃磨得更加銳利。與喜用磨刀石把斧頭的刀刃磨得像剃刀般銳利，磨得太薄，刀刃很容易產生缺口，就會影響工作，所以，關鍵在於恰到好處。與喜晚上在家裡的泥土房間磨斧頭時，我都會在旁邊觀察偷學。我也知道沒必要這麼做，但我很在意，無法不在旁邊觀察。

雖然我嘴上說不喜歡、不喜歡，但其實已經漸漸走上了林務這條路，難以想像初來乍到時，我居然試圖逃跑。

吃完午餐後，我們開始在溪谷上用原木架橋。

「正中央不是有岩石露出水面嗎？」巖叔指著水流說：「以岩石作為支點。」

我們挑了三根四公尺左右的疏伐木材橫架在溪谷上，與喜穩當地站在原木上，尋找理想角度順利架在成為支點的岩石上，簡直就像馬戲團表演雜技的。

巖叔和我搬動岩石堆在岸邊，將原木的一端固定，以免原木滾動。與喜走過剛建好的橋口，負責固定對岸。

「要避免原木和水流呈直角，必須維持一定的傾斜角度。」

巖叔說。

「為什麼？」

「你自己想想。」

我看著水流和原木橋思考起來。我知道了，如果原木和水流呈直角，就會完全承受水流的力道。如果維持一定的傾斜角度，就可以分散力量，保持穩定。

「走吧。」

巖叔身輕如燕地走過原木橋，我也跟在他的身後。原木滾來滾去，很不好走。

「不要把所有體重都放在一根原木上，腳盡可能橫跨過來。」

我按巖叔教我的方法，同時踩住兩根以上的原木，終於勉強走了過去。

與喜揮著斧頭俐落地切割木材，把原木切割成五十公分左右的圓材，然後再對半劈開，變成和魚板一樣的半圓形狀。

與喜把它們放在橋的不同位置，用鐵釘釘牢，把三根原木牢牢地固定住。

「這麼一來，你和山太走過溪谷時也不會覺得害怕了。」

雖然把我和幼兒相提並論是奇恥大辱，但在山上，我的確和幼兒差不多，所以也無言反駁。

剩下的斜坡也用原木建了步道，這天的工作就大功告成了。清一哥和三郎老爹像飛一樣從我們建好的原木道上衝了下來。

搞不好天狗就是指神去村的男人，因為他們可以自如地在山上穿梭。

回到家時，美樹姊正在繁奶奶的指導下攪拌著大鍋子，似乎在準備賞櫻便當。豆皮已經煮成漂亮的顏色，應該要拿來做豆皮壽司。

她們似乎已經忙不過來，無暇做晚餐，餐桌上放的是火腿蛋，和早餐完全一樣。我和與喜當然不敢有意見，默默地吃下了肚。

賞櫻當天，神去村一片萬里晴空。

美樹姊起了個大早，把燉菜和炸雞塊放在漆製便當盒內，最後開始做豆皮壽司。我也在幫忙，把加了胡蘿蔔、香菇的醋飯塞進已經入味的豆皮。我很投入，努力把豆皮壽司做成稻草包的形狀。我覺得還蠻有趣的。

不時有鄰居在玄關打招呼。

「你們準備好了嗎？」

「我們先上去囉。」

美樹姊一臉嚴肅地用長筷子調整著便當盒裡的菜餚。「我忙成這樣，我老公到底死到哪裡去了？」

與喜喝了準備帶去後山的酒，一大早就在外簷廊上呼呼大睡。我沒有向美樹姊告密，在她用方巾包起便當盒時，我偷偷叫醒了與喜。

後山上到處都是人，難以想像神去村的人口密度這麼高。沿著原木道走上山坡的村民在樹林中時隱時現，山頂上不時傳來村民聚集在一起的喧鬧聲。

與喜背著繁奶奶，美樹姊雙手都拎著漆器便當盒的包裹，我背上背了三瓶酒，左右兩手又各提了一升瓶裝酒，一行人一起走上後山。

我們在溪流上的原木橋前遇到清一哥一家人。清一哥扛著桶裝酒，祐子姊一手提著便當盒，另一隻手拎了一個大熱水瓶。全村人都帶酒和食物上山嗎？他們到底打算在山上吃吃喝喝多久？

山太比我更輕鬆自如地走過了原木橋。

裝了一升瓶裝酒的背包帶深深地卡進了我的肩膀，在我感到精疲力盡時，終於到了山頂。視野頓時變得開闊起來，我忍不住「嗚哇」地大叫起來。

那裡是綠草如茵的天然大客廳，中央是一棵極其壯觀的大櫻花樹，再巧奪天工的屏風畫都無法和它媲美。那是山櫻嗎？枝頭綻滿了無數白色的重瓣櫻花，遠遠望去，彷彿升起的霞霧。走進一看，發現花瓣邊緣有極其淡的綠色，清雅的色調彷彿映照了滿山的綠意。

「神去櫻很美吧？」

與喜轉過頭，得意地問。繁奶奶在與喜的背上咧著沒有牙齒的嘴笑開了懷。

「太酷了……」

我好不容易才擠出這句話。神去櫻伸展著歷經漫長歲月滿是青苔的樹幹，向著山頂的天空盡情張開枝葉。

村民圍坐在大樹下打開各自的便當，在巨大的花傘下，大家分享著彼此帶來的菜餚，舉杯對酌。這裡有人翩翩起舞，那裡有人引吭吟詩，每個人都無拘無束，盡情樂在其中。除了神去地區以外，中地區和下地區的村民也來了，整個神去村的人都歡聚一堂，無人不陶醉地享受著這場賞櫻大會。

在美樹姊的催促下，我也坐在草地上加入了賞櫻的行列。三郎老爹和巖叔立刻拿了自己的菜餚來交換豆皮壽司。與喜拿起一升瓶的日本酒直接喝了起來，清一哥面不改色地乾了村民為他斟的酒，然後也為村民斟酒。

雖然我還未成年，但眼前的氣氛讓我很難拒絕別人的邀酒。林業工會的大叔一看到我，立刻走了過來。一開始我忘了他是誰，看到他粗壯的手臂，立刻想起他就是「山豬火鍋的大叔」。

「嗨，平野！聽說你工作很認真，當初把你交給中村林業果然對了，太好了，太好了。」

他已經酒酣耳熱，走起路來東搖西晃。大叔笑嘻嘻地把酒倒進我手上拿著的紙杯，盛情難卻，我豁了出去，把酒一飲而盡。與喜看到後，拿起手上的一升酒瓶為我倒酒，「多喝點。」

我醉醺醺地走向櫻花樹的方向，「你沒事吧？」美樹姊擔心地問，我回答說：「沒事，沒事。」

我繞著櫻花樹根走了一圈，比樹枝更粗的根鬚在地面牢牢地紮根。

繞完一周時，差點撞到一個女人。

「啊，對不起。」

我一抬頭，頓時愣在原地。

是直紀。好久沒看到她了，我想起她之前騎機車在山路上狂飆的情景，還有直紀腰部的觸感。

「聽說你上次幫忙去找山太。」

直紀主動對我說話，我的心臟用力跳動著，幾乎快撞斷我的肋骨了。

「謝謝，那時候我剛好出差，不在村裡，事後聽到時，嚇出一身冷汗。」

為什麼直紀要向我道謝？是基於村民的身份？她說去出差，她做什麼工作？我很想知道，也很想和直紀交朋友。

「呃，我！」我向前跨出一步，「我叫平野勇氣。」

「哇，你滿嘴的酒臭。」

直紀漂亮的臉蛋皺成一團，轉身離開了。

我都自報姓名了，她至少也應該有所回應。我渾身無力，然後似乎就失去了意識。

當我醒來時，天空已經出現暮色。我躺在草地角落，繁奶奶坐在我身旁。

其他人都跪坐在神去櫻前，三郎老爹將一升的瓶裝酒供在櫻花樹下，將貼了閃電形狀白紙的木棒插在地面。清一哥拍了一下手後，所有人都深深低下頭。

「後山不是可以清楚地看到神去山嗎？」繁奶奶開了口，「我們要讓神去的神明看到我們賞櫻玩樂的模樣，我們快快樂樂的，神明自然也會快快樂樂。所以，賞櫻結束前，我們就用這種方式感謝神去櫻和神明。」

我躺在草地上，轉頭看向南方。神去山的稜線遠遠地浮現在傍晚的天空中。

我的視線再度回到聚集在櫻花樹下的村民身上。直紀坐在美樹姊和祐子姊中間，她對我說了一句「你滿嘴的酒臭」就轉身離開了。她到底住在哪裡？今年幾歲了？還有……有沒有男朋友？這些事我都想知道。

我的胸口發癢，但似乎並不是花粉的關係。

我嘆了一口氣，抬頭看著正對著我望的繁奶奶。

「這個村莊盛產美女嗎？」

「啊喲，你這孩子。」

繁奶奶「嘿嘿」地笑著，用手掌拍了拍我的額頭。

第三章　夏天是熱情

夏天的腳步漸漸近了，水的氣味越來越濃。

不，也許是農田的味道。酸酸甜甜的，帶著滋潤的厚實，讓人忍不住想一直聞著。在鎮上聞不到這種氣味。那是清澈的水接觸養分充足的泥土和鮮艷欲滴的綠意所產生的氣味。

我在外簷廊上盤腿而坐，看著黑暗的天空。濛濛細雨已經停了，美樹姊為我點的蚊香升起縷縷白煙。幾乎沒有風，眼睛和耳朵漸漸習慣了夜晚，即使在黑夜中，神去山的稜線也顯得特別黑。草叢中和屋後的農田傳來小動物的動靜，蝗蟲振著翅膀，野兔咀嚼著露水沾濕的新鮮葉子。

在神去村，野獸在住家附近出沒造成的損失並不嚴重。由於深山是一片片濃密的森林，所以，除非是那一年嚴重欠收，猴子、鹿和山豬都不缺食物，也不會冒著生命危險來到村裡的農田找食物。所以，很少看到牠們出沒的身影。

我在山上工作時，曾經多次感受到動物的動靜。有時候杉葉掉落在安全帽上，我不解地暗想「怎麼回事？」，抬頭一看，發現樹枝在搖，一個影子晃了一下，迅速竄走了。

「是調皮的小猴子在作弄你。」與喜笑著說，「你以前一定也像猴子一樣愛搗蛋。」

我曾經看到地上有鹿糞，聽說有人開車經過山上時，曾經遇到山豬。

基本上，人類和動物生活在各自的地盤，互不干擾。山上的資源很豐富，讓人類和動物能夠各據自己的地盤。至於那些不時入侵屋後農田的野兔，用繁奶奶的話來說：「都怪與喜做事不用大腦」。

兔子的警覺性很強，雖然牠們有時會在山上留下腳印，或是在草叢中露出白色的尾巴，但幾乎很少會整個身體都曝露在人類面前。幾年前，與喜在山坡上練習鏟球時，在草叢中抓到了一隻兔子。他真的是人類嗎？他的運動神經和狩獵本能簡直就像山貓。

與喜用木箱和鐵網在庭院裡做了一個兔子屋，餵兔子吃高麗菜和蘿蔔葉子，把牠當寵物般疼愛，但對習慣自由生活的兔子來說，簡直就是天大的災難。有一天早晨兔子趁與喜不注意，就逃之夭夭了。

「但牠似乎忘不了飼料的味道，」繁奶奶說，「從此之後，兔子就開始在村莊裡出沒。」

兔子呼朋引伴，偶爾會在農田裡吃大餐，但神去村的村民在這種時候也貫徹了「哪啊哪啊」精神，並沒有採取對策應變。

「如果這些兔子繼續猖獗下去，到時候就要用網子把農田圍起來。」

「是哪。」

他們悠閒地討論幾句，就沒了下文。

「不可以把山上的動物帶到人類居住的地方，山是山，人類是人類。別忘了是神明讓我們進山，如果忘記這件事，會惹惱神去的神明呢哪。」

與喜被三郎老爹狠狠罵了一頓，從此不敢再養山上的動物。

與喜的興趣是什麼？我在外簷廊上思忖著。他似乎喜歡動物或是小孩子這種行為難以預料的小生命，但眼下只養了阿鋸而已。在很少有娛樂活動的這個村莊，每天除了上山工作以外，根本不知道怎麼打發時間。像與喜這種人居然能夠忍受。對啦，正因為他忍受不了，所以才會偷偷跑去名張的酒店。

我不知道怎麼消磨晚上的時間，即使看電視，頻道也少得可憐。鏘一下鏈鋸的鋸齒後，吃完晚餐到上床睡覺這段期間完全無事可做。好──無──聊！我想大叫，讓整座山頭響透我的回音。好──無──聊──！

位在深山村莊的梅雨季節真的會讓人鬱悶。濕答答，濕漉漉，濕淋淋，這裡的濕氣非比尋常。霧從四面八方的山上撲來，有一種滲進骨子裡的寒意。洗好的衣服完全乾不了，只能把工作服和內衣褲晾在飯廳，用暖爐烘乾。在美樹姊的胸罩下吃飯真是尷尬，繁奶奶的褲衩更是讓我倒盡胃口。

神去村原本就因為四面環山，日照時間特別短，一旦進入梅雨季節，會讓人忘記這個世界上還有太陽的存在，陰陰鬱鬱的感覺簡直就像是冬天的西伯利亞。

所以，我就待在外簷廊上發呆散心。這天晚上，討厭的迷霧停留在神去河的河面上，沒有入侵村內。視線良好，雖然天空被厚厚的雨雲遮蔽了，但看到神去山久違的黑色稜線，心情終於平靜下來。

光著腳的腳尖突然有一種濕濕的感覺，抬頭一看，發現阿鋸把前腿趴在外簷廊上，正用鼻子頂著我的腳。

「喂，別聞我的腳啦。」

我縮起腳，摸了摸牠的頭，阿鋸喜孜孜地爬上外簷廊，坐在我的腿上，舔著我的臉。我抱著牠，搔著牠的背，牠拚命搖著尾巴，快把尾巴都搖斷了。

這隻狗既可愛，又聰明，和飼主與喜大不相同。

橋頭傳來小貨車的引擎聲，車頭燈照在庭院的樹木上。阿鋸跳下外簷廊，跑向大門方向。小貨車輕輕按了兩、三次喇叭，緩緩駛入庭院。與喜走下駕駛座，繞到副駕駛座的方向，阿鋸在他腳下跑來跑去。阿鋸最喜歡的還是與喜，離我遠去的溫暖令我感到寂寞懊惱。

我嘆了一口氣。啊，我已經多久沒有和女生說話了？我又不是出家當和尚，為什麼生活變得這麼清心寡慾？

其實我很清楚，這一陣子情緒低落不完全是因為梅雨的關係。自從賞櫻那天之後，我滿腦子都想著直紀，但我沒有向任何人提起，以免遭到調侃。

「你回來了。」

我甩開悶悶不樂的心情站了起來。與喜正把副駕駛座上的繁奶奶背了下來。

「喔，勇氣，你來的正是時候，過來一下。」

與喜兩隻手都抱著繁奶奶，他背上的繁奶奶代替他向我招手。

「怎麼了？」

「那邊田裡有螢火蟲，這是今年第一次出現螢火蟲。」

「喔？」

與喜背著繁奶奶，走回大門的方向。我趕緊跑回屋裡，穿過飯廳，在泥土房間穿上橡膠拖鞋，對正在廚房洗東西的美樹姊叫了一聲：

「美樹姊，好像有螢火蟲，快來看。」

「螢火蟲？」

我抓起面露驚訝的美樹姊的手，順手關了水龍頭，衝出玄關。與喜站在家門口前的馬路上等我們，阿鋸也在一旁。

「咦？妳已經回來啦。」美樹姊問，「奶奶，今天還好嗎？」

「泡得很舒服。」

繁奶奶在與喜背上回答。繁奶奶很喜歡去久居的老人日間照護中心泡澡。

「對了，下地區的村田爺爺好像日子不多了，今天也沒有來。」

「今年春天，他的身體還不錯啊。」

「年紀大了，這也是沒法（沒辦法）的事。我看不久就會辦葬禮，妳先準備一下。」

「好哪。」

繁奶奶和美樹姊的聊天之中分不清是充滿殺氣，還是貫徹勇於面對現實的務實態度。在面對事情發生時，如果沒有「哪啊哪啊」和「這也是沒法子的事」這種心理準備和堅強，也許就無法在神去村生存。

「在這邊。」

與喜說著，走向河邊的農田。除了橘色的夜燈和從各家各戶漏出的燈光以外，路上幾乎黑漆漆的。沿著坡道稍微走了一小段，水氣越來越濃，河水聲更襯托出夜晚的靜謐。

夜色實在太黑，我有點害怕起來，總覺得周圍的山影好像要撲了過來，只聞其聲的河流好像連同霧迎面而來。

「你們看。」

就在此時與喜伸出手指。我定睛一看，發現前方浮現出隱約的光亮。淡黃綠色的光點在水田上飛舞。

「不管看多少次，都覺得好美。」

美樹姊語帶沉醉地說。

「我第一次看到。」

我說。

「第一次！？」與喜似乎很驚訝，「不是今年第一次，是從小到大第一次？」

「對。」

螢火蟲──在我從小長大的城市，完全不可能看到自然生長的螢火蟲。

真是不可思議的昆蟲。我把臉湊到停在附近水稻上的螢火蟲前細細觀察，螢火蟲原來是屁股在發光，牠們發出淡淡的光芒後，會在短時間內變回小黑蟲，化入夜色中，然後再度發光。

不同於火焰、電光、星星、月亮和太陽的光亮，我以前從來沒有看過這種顏色和質感的光。輪廓模糊，難以想像觸摸時的溫度。似乎冷冰冰的，但又似乎會燙手。這種光時而飄浮，時而靜止，在農田裡閃亮，微微照亮了夜晚。

剛才的恐懼已經消失無蹤了。

「這一帶的都是平家螢火蟲。」與喜說，「接下來會越來越多，這就是戀愛的季節啊。」

我偷瞄著與喜，他一臉奸笑。我的心事似乎被他看穿了。他對這種事特別敏感。

「啊，誰家的電話響了，是我們家。」

美樹姊快步走回家裡。她簡直是千里耳。我和與喜，還有與喜背上的繁奶奶不再繼續觀賞螢火蟲，跟著走回家裡。

「勇氣，你是不是有什麼事想問我。」

與喜緊追不捨地問，繁奶奶也豎起耳朵。

「我想知道你有什麼興趣愛好。」

「你別裝傻呢哪。」

「我沒裝傻。這一陣子整天下雨，下班之後就沒事可做。這種時候，你都幹嘛？」

「這個嘛……」與喜目測著和美樹姊之間的距離，低聲說：「當然去找小姐玩囉。」

「原來你的興趣是泡夜店。」他的回答雖一如我的預期，但還是讓我驚訝，「名張的酒店嗎？」

「賣木材時，順道去名古屋玩。」

與喜「嘿嘿嘿」地笑了起來，繁奶奶罵了一句「我全都聽到了」，打了他的頭。

與喜消磨時間的方法完全不值得參考，我真正想打聽的是直紀的來歷，卻不敢開口，所以還是一無所獲。

「不過，你也越來越悠閒了。」與喜說。

也許吧。春天的時候，我根本無暇思考下班後要做什麼就倒頭昏睡了，體力特別好的我逐漸適應了在村莊的生活。

一個年輕人逐漸適應沒雜誌看，也買不到衣服的環境真的好嗎？起初這種想法讓我有點不知無措，但久了就覺得無所謂，沒有雜誌、衣服也「還好啊」。就好像當初我被迫來到神去村一樣，如今我也沒有足夠的氣魄反抗眼前的狀況。不知道該說是怕麻煩，還是適應能力太強，總之，這樣的結果無關好壞。

啊，言歸正傳。我、與喜和繁奶奶回到了彌漫著潮濕空氣的家時，美樹姊剛好掛上電話。

美樹姊靜靜地告訴我們。

「村田爺爺過世了。」

除了滂沱大雨的日子，山上的工作不會中斷。即使是梅雨季節，我們這組也要每天上山工作。

六月底以前的主要工作就是割草。隨著氣溫逐漸上升，再加上雨量充沛，山上的雜草生長速度驚人。尤其是春天栽植了樹苗的西山山腰，更是滿地雜草。如果不及時割草，杉樹會輸給雜草，無法順利生長。

所以，在杉林長到一定程度時，每年的六月和八月就要割草。再高一點的杉林，每年只要八月割一次草。雖說只要割一次……，總之，光是想像一下，一年至少要走遍所有的山頭割一次草，就覺得永無止盡。林業工作真的很費工夫，收益卻不高，才會成為「夕陽產業」，但如果不養護山林，林況會越來越糟。這是一份需要熱情才能勝任的工作。

「大都市的人都以為種樹就是環保。」

巖叔說。花粉症的季節已經結束，所以他樂呵呵地爬上西山，雖然天空仍然下著濛濛細雨，路很不好走，但他絲毫不以為意。

「大家都說森林會增加氧氣量，但樹也有生命，會呼吸，當然也會釋放二氧化碳。」

「聽你這麼一說，好像很有道理。」

我以前一直以為植物會吸收二氧化碳，釋放氧氣，但這只是植物進行光合作用的時候才發生。植物其實也會吸入氧氣，釋放二氧化碳。

「所以，不能因為人類的喜好到處種樹，就以為可以高枕無憂，重要的是永續循環，如果擱在一旁不養護，根本不算『愛自然』。必須協助森林自然地循環，維持良好林況，才是真正的『愛自然』。」

巖叔說著，開始用手上的大鐮刀割草。

「沒錯，勇氣，所以你別再說『草很可憐』這種蠢話了。」

與喜故意學我的聲音調侃道，他似乎還記得我之前在整地時說的話。

「我才不會說呢。」

我生著悶氣，舉起鐮刀在斜坡上除草。「對了，三郎老爹，你不去參加那位村田爺爺的葬禮嗎？」

「村哥怎麼走得這麼快，之前都沒聽說他身體不好，」三郎老爹落寞地說：「我今天要提早離開，要去參加守靈夜。」

「明天大家都去參加葬禮，」清一哥說：「勇氣，你有喪服嗎？」

我只帶了便服來這裡。我已經畢業了，總不能穿高中制服，也來不及打電話回橫濱家裡，叫家人送喪服過來。

「那就借我的西裝和佛珠吧。」

清一哥說。參加葬禮要包白包吧，到底要包多少？我在思考這些問題時，覺得自己也變成大人了。

聽清一哥他們說，神去村在舉辦婚喪喜慶時，都以地區為單位，由同一區村民共同協助。我不認識這次過世的村田爺爺，他住在下地區，當地從昨晚就開始為守靈和葬禮做準備工作，女人負責做菜，男人負責搭祭壇，張羅棺材。我住在神去村最裡面的神去地區，所以只要去參加葬禮就好。

薄霧從山谷的方向竄上來，在腳下繚繞。

我們橫向排成一排，面向山脊割草。長柄鐮刀的高度直抵我的手臂，不需要彎腰割草，但很不好操作。

與喜輕鬆自如地揮動著大鐮刀，簡直就像是死神。他巧妙地避開杉樹的幼樹，把周圍的雜草割得一乾二淨。我開始漸漸落後。

「不必著急，」清一哥回頭對我說：「小心不要割到腳。」

他的話音剛落，我手上的鐮刀一滑，居然砍下一株小杉樹。慘了！我慌忙蹲下來，把那株小樹插進地面。杉樹插回地上會長根嗎？好像不行，那至少裝裝樣子吧……？

我聽到腳步聲，抬頭一看，與喜扠著腰站在我面前。他在這種時候特別眼尖。

「你是白癡嗎？」與喜的怒罵聲響徹整座山，「天底下哪有人砍掉自己的飯碗！」

哇哇哇。我蜷縮著身體，拚命道歉。

「對不起！」

但再怎麼道歉，都無法讓小樹活起來。

「好了，好了。」

三郎老爹為我解圍。

「他第一次割草，難免失手啦，」巖叔走下斜坡，「割小樹周圍的雜草時，要貼著樹幹的根部，讓刀刃朝上，再把鐮刀背部壓向草叢。」

他抓著我的手，教我使用鐮刀的方法。

「鐮刀伸進草叢後，向外側偏倚，往自己的方向拉，這樣刀刃就絕對不會劃到杉樹。」

「是。」

掌握訣竅後，我調整心情，繼續割草。巖叔在旁邊看了一會兒，拍了拍我的肩膀說：「這樣就對了。」然後回到自己的地盤，只有與喜用像死神般的目光瞪著我。我知道了啦，我不會再砍倒杉樹了。

雨、霧和汗水讓工作服和頭髮都又重又濕，只要稍微停止活動，身上好像失溫一樣，全身開始發冷。午休時間，我們在半山腰升起了篝火。山上的樹木蒙上一層淡淡的霧靄，遠處的山頭頂著白雲，薄霧不斷地從地面升起。

「今天最好大家都提前下山。」

清一哥說完，滅了篝火，仔細地用土蓋好。

三點過後，我們準備下山了。那時候，我們已經割完了半山腰的雜草，往上爬到了更高的位置。

「喂，神降。」

聽到三郎老爹緊張的聲音，我停下了揮動鐮刀的手。與喜望向神去山。

白雲一下子從神去山的山頂上流瀉下來。不，那不是雲，而是霧。濃霧像海浪般從斜坡上瀉下來，轉眼之間，往村莊的方向衝去。

所有人都不自覺地集中到清一哥身旁。與喜用緊張的聲音輕輕叫了一聲：「阿鋸！」在斜坡上玩耍的阿鋸跑了過來。或許是我心理作用，阿鋸的尾巴好像捲得比平時更緊。

「神降是什麼？」

我小聲地問。

「就是霧像這樣從神去山衝下來，」清一說：「發生這種情況時，周圍的山也……」他的話還沒有說完，我們所在的西山就出現了變化。剛才只有薄霧從山谷冉冉升起，如今已經靜止不動。相反的，乳白色的霧從山脊順著山坡流瀉下來。

「哇噢。」

一轉眼，我們就被白霧包圍了。明明近在咫尺，我卻看不到清一哥和與喜。濃霧吸走了聲音，甚至分不清自己是否站在地上，我快要抓狂了。

「安靜。」清一哥低聲對我說：「別擔心，不要動。」

我用力抓起放在地上的鐮刀。不用擔心，我人在山裡。我在濃霧中調整呼吸，努力平靜自己的慌亂。

咚、咚。神去山上傳來宛如鼓聲般的低沉聲音，接著，又傳來隱約的鈴鐺聲。我以為是幻聽，但似乎不是。鈴、鈴的清脆聲音從西山的山脊傳來，經過我們身旁。我整個人都縮了起來，手指無法動彈，眼睛一眨也不眨地杵在那裡。

怎麼回事？剛才經過我們身旁的是什麼？

鈴鐺聲消失在山谷的方向，原本以為永遠不會散去的濃霧也漸漸散開了。

所有人同時吐了一口氣，好像附在身上的妖魔離開了。濃霧散開後，終於可以看清其他人的臉。剛才完全感受不到其他人的存在，沒想到卻是近在咫尺。

「剛才是怎麼回事？」

我目瞪口呆。

「不是告訴你了嗎？是神降。」

與喜的態度一如往常惡劣。

「神降時不可以說話。」巖叔轉動著僵硬的肩膀，「這是住在神去山上的神明趁著濃霧出巡。」

「好久沒看到這麼壯觀的神降了。」

三郎老爹似乎很激動。

我並不想知道什麼神明這種看不見、摸不著的東西，難道大家沒聽到奇怪的鼓聲和鈴鐺聲嗎？剛才不是有什麼東西經過我們身旁嗎？那就是神明嗎？剛才那種涼涼的感覺，讓人搞不清楚狀況，靜靜經過我們身邊的，就是神明嗎？

但是，大家似乎完全不想聊這個話題。

「撤退吧。」

清一哥說。

「好。」「是啊，是啊。」大家一派悠然地走下斜坡，完全搞不懂他們剛才有沒有聽到那個聲音，感受到奇怪的動靜。

山上的動物屬於山上，山上所發生的事都交由神明處理，在山上打擾的人類不應該多管閒事。

我深刻體會到神去村民的泰然，或者說是他們哪啊哪啊的態度。

那天晚上，村莊內始終瀰漫著薄霧，農田裡不見螢火蟲的蹤影。

神去村所有的人應該都去參加了村田爺爺的葬禮吧。

村田家位在下地區的正中央，這一帶的神去河流域開墾了比較多的土地，因此，農田的數量比神去地區多。舊伊勢街道位在和神去河垂直的方向，難以想像江戶時代，前往伊勢神宮參拜的民眾擠滿了這條街道，街道兩側還留下幾棟像是昔日旅店的兩層樓建築。

村田家就位在街道旁，前院很大，有主屋和倉庫，是典型的農舍建築。

村田家屋內和前院都擠滿了弔唁客，身穿鮮艷橘色袈裟的和尚正在客廳唸經。清一哥借給我的西裝尺寸剛剛好，我燒完香，和與喜一起站在庭院的角落。我從來沒有和村田爺爺說過話，但看到他們家人哭紅了眼，我也忍不住難過起來。

為了拋開哀傷的情緒，我四處觀察。雖說是來參加葬禮，但與喜還是一頭金髮，格外醒目。清一哥和三郎老爹端坐在客廳，祭壇上放著村田爺爺的照片，看他的照片，就知道他這輩子都活得耿直而頑固。祭壇周圍放著村民送來的祭禮，大籃子內裝著罐頭食品和水果，再用透明的塑膠紙包了起來。「都什麼時代了，即使收到罐頭食品，也很傷腦筋吧」，雖然我這麼想，但可能是這裡的習俗。

最搞不懂的就是插在祭壇上的樹枝，樹枝上還有許多鮮嫩的綠葉。

「白花八角樹枝，」與喜說：「去掃墓的時候也會帶著，你們那裡不用嗎？」

嗯，我也不清楚，反正我沒看過。中元節掃墓時，從來沒有帶過滿是樹葉的樹枝，倒是會帶花束。

「那種樹枝有香味，香氣可以持續很久。通常都種在墓地，舉辦葬禮和法會時會截取一段樹枝使用。」

我沒有認真聽與喜的說明，因為我在前院的弔唁客中發現了直紀的身影。身穿喪服的直紀正和垂著雙眼的祐子說話。

「喔，直紀也在，因為今天是星期六。」

與喜不懷好意地笑了起來，觀察我的反應，我面不改色，但腦袋卻轉個不停。

與喜的意思是，因為今天是星期六，所以直紀才能來參加葬禮嗎？神去村的大部分村民都靠務農或林業為生，可以自行說休假就休假。直紀無法隨便休假，代表她是在公家單位或公司上班，而且，上次賞櫻時，她說她去「出差」。

我終於下定決心問與喜：

「直紀住在哪裡？她好像和清一哥、祐子姊很熟。」

「啊？」與喜露出比剛才更賊的笑容，「你很在意嗎？」

「不會啊。」

「少來了，你別裝了。」

他捅了捅我，這傢伙真惹人討厭。

「真紀住在中地區，剛才我們車子不是經過一家神社嗎？就在那附近。」

「是喔。」

那家神社很氣派，聽說祭拜的是中世紀時統治這一帶的祖先。郵局和村公所也在附近，改天我去辦事時，順便去她家看看。不對，這樣不就成了跟蹤狂？

「她當然和祐子姊很熟，」與喜繼續說道，「因為直紀是祐子的妹妹。」

「什麼？」

這時，和尚的誦經剛好結束，整個庭院只聽到我的聲音，所有人的視線都集中在我身上。巖叔在倉庫旁對我「噓」了一聲。

「順便告訴你，她是神去小學的老師。」

與喜完全不在意別人的目光，若無其事地說。

老師！這是我最怕的職業，不過要是有直紀這種年輕漂亮的女老師，我也想去神去小學唸書，搞不好我會很用功。

很好，我已經知道她的底細了，接下來只要思考怎麼接近她。我正打算不經意地走向直紀，與喜一把抓住我的領子。

「你要去哪裡？出棺了。」

「我只是想去打聲招呼。」

「向誰打招呼？別多事了，把這個綁上。」

看到與喜遞過來的東西，我不禁覺得「這是在開玩笑吧」。他遞給我的白色繩子上有一個三角形的小布片。

「這就是妖怪綁在頭上的布嗎？」

「對啊。」

「為什麼要我綁？」

「不光是你，所有男人都要綁。」

與喜說著，像綁頭巾似地把自己手上的三角布綁在額頭上。抬頭一看，發現聚集在客廳和前院的所有男人都看起來像妖怪。

「太奇怪了！」我表示抗議，「如果是棺材裡的村田爺爺綁還情有可原，為什麼連我們也要綁？」

「我怎麼知道為什麼，反正是規矩。聽說以前都是綁著這塊布一路送到墓地，現在是火葬，只有出棺的時候才綁一下而已。廢話少說，趕快綁起來。」

那些身穿黑西裝、已經一把年紀的男人都在額頭上綁了三角布，一臉嚴肅地列隊站在那裡，實在太詭異了。棺木靜靜地經過他們面前，送上停在門口的黑頭車。司機按了按喇叭作為道別。

不去火葬場的弔唁客紛紛回家了，直紀也在散開的人群中，我和她四目相接。我害臊地扯下額頭上的三角布。神去村有太多稀奇古怪的習俗，我這個十幾歲的大男生實在難以適應了。

「回家吧？」清一哥問祐子姊，然後又問：「直紀，要不要來家裡坐一坐？」

「好啊，我家裡剛好沒準備晚餐。」

「那就在家裡吃飯吧。」

祐子姊說。我心跳加速。山太和繁奶奶一起在與喜的家裡，清一哥夫婦一定會去接山太，直紀可能也會去與喜家。

「你在偷笑什麼？」

與喜說。

「你頭上還綁著布呢。」

我說。與喜說著「喔，對喔」，趕緊把額頭上的布拉了下來。

果然不出所料，直紀去了與喜家。出人意料的是，她一身喪服，從下地區騎著機車去神去地區。太猛了。我坐在與喜小貨車的車斗上不停地讚嘆。直紀拉起黑色長裙，在山路上緊跟在小貨車後。如果我盯著她看，可能會引起誤會。我的視線從直紀修長的腿上移開，向天空望去。雲終於開了，露出了一小片晴天。

因為山太吵著想睡覺，清一哥夫婦向繁奶奶道完謝，很快就帶著山太離開了。山太這個小鬼，居然搞砸了這個千載難逢的機會。我只能目送著直紀推著機車走向中村家，連一句話都沒機會說。

「想泡直紀可沒這麼容易。」

與喜故意抱起雙臂說。

「你別逗他了。」

美樹姊打了他的背一下。

「原來勇氣喜歡像直紀那樣活蹦亂跳的。」

繁奶奶「嘿嘿」地笑了起來。真是夠了，這個村莊根本沒有隱私。

但是，我絕不屈服。首先要試著找機會和直紀說話。

吃完晚餐後，我出門研擬作戰方法。我探頭向清一哥家張望。直紀已經回家了嗎？我沒有勇氣上門，我辜負了我的名字，真沒出息。

有沒有正常一點的方法接近直紀呢？而且不是這種變態跟蹤狂的路數。我走向農田的方向，聽到排水溝的水流聲，天空中閃爍著無數星星。兩個星期後，梅雨季節就結束，學校會開始放暑假了。對了，我聽說夏天的時候，全村都會舉行廟會。到時候邀她去參加廟會吧。或許她不喜歡姊弟戀，但我們可以慢慢培養感情。

田裡的螢火蟲比之前更多了。如果有人對我說，那是從天而降的星星，化成了會發光的蟲，我也會相信。看著無數閃爍的微光，我的心跟著燃燒起來。

人生在世，生死無常，我沒有閒工夫在這裡發呆。

先去清一哥家吧，眼前的目標就是找機會和她聊天。我下定決心後，沿著來路往回走。這時，聽到前方傳來機車的引擎聲，車前燈也漸漸靠近。我不加思索地跳到馬路中央，用力揮動雙手。

機車停了下來，直紀戴著安全帽看著我。

「妳好，」我說，「呃，我是平野勇氣。」

「你在賞櫻的時候說過了。」

直紀說完，似乎打算離開。我必須說點什麼。我著急起來。這樣連開始的機會都沒有，怎麼慢慢培養感情？完了。當我閃過這個念頭時，已經脫口說出：

「呃，請妳做我的女朋友！」

「我已經有喜歡的人了。再見。」

秒殺。紅色車尾燈駛過橋，在黑夜的山路上越走越遠。

我邁著沉重的步伐走回與喜家，繁奶奶問我：「要不要喝茶？」但我沒有理會她，拉開被子，立刻倒頭大睡。

直紀喜歡的人是誰？他們已經交往了嗎？還是只是拒絕我表白的藉口？

我太操之過急了，應該先讓直紀進一步了解我，其實我也不是很了解她。我要繼續努力，要找回「橫濱種馬」的自信。雖然從來沒有人這麼叫過我。

早上的時候，我試著讓自己振作起來。我幾乎無心工作，但見習生當然沒資格說這種話。與喜一大早就為了要不要把頭髮染回黑色和美樹姊爭執不休，他們真幼稚。

我換上工作服，等待與喜的時候眺望著農田。昨天那麼多螢火蟲到底躲去哪裡了？我「啊」地叫了一聲，在田埂上蹲了下來。

水稻從根部向天空方向長出五片葉子。原本還以為是雜草，什麼時候長這麼大了？和白霧一起下山的神明輕輕撫過水稻，滋潤、柔軟了稻葉，推著季節繼續向前走。

美樹姊娘家開的雜貨店中村屋，村民都稱之為「百貨店」，因為他們家的狹小泥土房間陳列了食品、日用雜貨到肥料等各式商品。

山太最喜歡在中村屋買的藍色水槍。繁奶奶給他零用錢說：「你去百貨店買你喜歡的東西」，他就挑了這把水槍。

神去村很少有年輕人，高中生因為要上學，所以都住在鎮上。至於中學生以下的孩子，在神去地區，只有山太而已。

我理所當然地被視為山太的玩伴，整個夏天，我都成了他水槍的標靶。反正衣服很快就乾了，並沒有什麼大問題，只是我現在沒心情陪他玩。

看著山後不斷湧起的積雨雲，我忍不住嘆氣。才剛嘆氣，一道水柱就射中了我的眉心。山太咯咯笑著跑開了。

天氣越來越熱，似乎已經等不及梅雨結束。

來自四周山上的蟬鳴聲包圍了神去村，由於空氣清澈，陽光會直接刺進皮膚，令皮膚隱隱作痛。青草味隨著熱風吹進家裡，稻子開始抽穗，玉蜀黍在莖上交錯地長出果實，田裡到處可以看到西瓜。夏天來了。

但是，林業沒有暑假。

我們這組成員在蒸騰的熱氣中繼續上山工作，揮汗如雨，工作服穿在身上根本沒有意義。頭上冒著熱氣，根本不想戴安全帽。水壺裡的茶水不夠喝，中午一定會去溪邊休息，大家一起喝溪水，順便把水壺裝滿，為下午做準備。

無論怎麼割草，站在山上放眼望去，仍然到處都是雜草。無論疏伐還是把木材運下山，都要比平時消耗好幾倍的體力。

夏天割草時，必須特別小心跳蚤。山上的跳蚤大得出奇，足足有五毫米那麼大，即使肉眼也可以看到，和躲在地毯裡的跳蚤完全不一樣。當我挽起袖子工作時，跳蚤就會順著我的手臂爬上來。我應該和肚子圓鼓鼓的山跳蚤對上了眼，看到這麼大的跳蚤和噁心的外形，我忍不住慘叫起來。「吵死了，豬頭！」與喜幫我把跳蚤打死了。從此之後，即使再怎麼熱，我也不敢挽袖子了。

但是，山跳蚤也很狡猾，牠們會從工作服的縫隙鑽入咬人。一旦被咬，就會奇癢無比。我的大腿內側就被咬了，這些雜碎專挑皮膚柔軟的地方進攻。

那天在割草時，我突然感到隱約刺痛。一開始我沒在意，但不一會兒就開始發癢。我忍不住了，幸好其他人在離我有一段距離的斜坡上工作，沒有人注意我。我停了下來，脫下褲子往胯下一看，發現跳蚤趴在我大腿內側拚命吸血。我咬牙用手指把牠掐死，繼續割草。沒想到非但沒有止癢，反而越來越癢，比被蚊子咬，癢了幾百萬倍吧，又痛又癢的刺激讓我不時發抖。

回家後，我觀察了大腿內側。因為我剛才用力抓，一整片皮膚都紅通通的。我坐在榻榻米上，張開雙腳，彎下身體，盯著患部細看，發現被咬的地方有兩根極小的突起物，好像插了兩根極小的鍬形蟲角。那是什麼東西？我想了一下，終於找到了答案。

那是山跳蚤的牙齒（？）。雖然我把跳蚤打死了，但牠刺進我皮膚的牙齒還留在那裡。山跳蚤的執著和只有牙齒留在我皮膚上的事實令我不寒而慄，我再度發出慘叫。紙拉門猛然拉開，與喜一掌落在我頭上。

「你吵死了！又怎麼了？」

你看，你看。我指著大腿，與喜趴在榻榻米上，把臉湊到我大腿內側。「哇噢，真的耶，差一點就咬到你的命根子了。」

如果我的老二這麼奇癢無比、這麼噁心……，光是想像一下，心情就難過起來。與喜拿來了鑷子，居然很靈巧地把跳蚤的牙齒拔了出來。擦了金冠消炎膏，因為抓破了皮，藥膏滲進了皮膚。之後整整一個月，患部都奇癢無比。

山跳蚤防不勝防，令人傷透腦筋。夏季的山上氣溫和濕度逐漸上升，危機四伏。

不過樹蔭下和早晚都很涼爽。坐在斜坡的樹下，眺望在藍天中綠意籠罩著的神去村。然後，聽著茅蜩蟬的叫聲，走在被染成橘色的薄雲下回到村裡。此時，我發自內心地讚嘆

「啊，好美，好快樂」。

啊，但是待在樹蔭下和溪邊可不能大意。潮濕陰暗的地方有水蛭出沒，牠們的噁心程度比山跳蚤有過之而無不及。只要感受到體溫，就會無聲無息地靠近，從衣服縫線處鑽入，神不知，鬼不覺地吸吮皮膚。

山上的水蛭身長大約五毫米，有點像淡棕色的尺蠖蟲或是線蚯蚓，在地面一扭一扭地爬行。由於身體很小，再加上有保護色，很難察覺到牠們。所以，牠們常常趁虛而入，鑽進衣服裡吸吮皮膚。被叮到不會痛，不，還是會有些又痛又癢的感覺，衣服纖維和肌膚摩擦時不是會有刺刺的感覺嗎？差不多就像那種不舒服。

有一次，我覺得小腿有點怪怪的，午休時，捲起褲管一看，結果……。啊，我甚至不願意回想。我右腿膝蓋下方有兩隻，左腿膝蓋下方有三隻水蛭叮在我的皮膚上！牠們吸飽了我的血，身體漲大差不多有五公分長，寬也有一公分，而且因為吸了血的關係，全身變成了黑色。牠們就像是長在我的皮膚上，全身扭來扭去。這個景象實在太可怕了，我「啊！」地大叫起來。

我心慌意亂，想把水蛭拔下來。現在回想起來，很佩服自己竟然敢去碰那麼噁心的東西，但當時滿腦子只想著「一定要拔下來」，但牠們吸得很牢，根本拉扯不下來。

「不行，」巖叔對我說，「硬扯下來，水蛭的嘴巴會留在皮膚上。」

水蛭在吸飽血後，就會回到地上產卵。所以，一旦發現吸了血的水蛭，必須立刻消滅牠，但水蛭的身體表面伸縮自如，而且很強韌，很難踩死牠，也很難撕裂「分屍」，最後只能用火燒死牠。

與喜點燃打火機靠過來燻水蛭，怕火的水蛭立刻掉落在地，燒焦後縮了起來。

雖然趕走了水蛭，但血卻流不停。水蛭從皮膚叮咬處注入了血液不易凝固的成分。

「沒事的，我從來沒有聽說有人因為被水蛭叮咬出血過多死亡。」

三郎老爹安慰我，但我流的血把工作褲膝蓋以下都染紅了。水蛭叮咬的傷口留下一個小圓圈，癢了很長一段時間。

並不是因為我是新來的，所以山跳蚤和水蛭都來攻擊我，即使是老手，也會被山跳蚤咬，水蛭也會吸他們的血。牠們簡直就是噩夢，無論怎麼防備，都躲不過牠們的攻擊，但清一哥他們和我不同，即使被咬了也行若無事，只是淡淡地說「我被山跳蚤咬了，真癢」或是「被水蛭叮到了，打火機借我一下」，和說「再來一碗飯」時一樣，完全沒有情緒起伏。

我可做不到，我這輩子恐怕都無法習慣牠們的可怕。

對了，橫濱家裡打電話來，問我中元節要不要回去。即使有暑假，我也不想回去，我現在一刻也不想離開神去村。村莊的景象一天比一天更朝氣蓬勃，百看不厭，即使被山跳蚤咬，即使被水蛭叮，我也不想離開。

夏天的風景太迷人了。

神去村的夏天充滿生命力，除了山上的工作以外，還要忙很多事。

首先，要採收農田裡的農作物。早晨起床後，與喜、美樹姊和我就要去屋後的農田。茄子、小黃瓜、蕃茄，每天都有不同的蔬果要採收，因為不能丟著不管，所以只能不停地摘採。

除了小黃瓜以外，就連茄子蒂上也有尖刺或者說是茄鬚，整天被刺得大聲慘叫：「好痛！」神去產的蔬菜也充滿自然原始風味，和都市賣的完全不一樣。想吃玉米時，只要從莖上把玉米棒子掰下來。

自家吃的蔬菜浸泡在裝了井水的大盆子裡，左鄰右舍也都有自己的農田，把蔬菜分送給鄰居，反而會造成他人的困擾。所以，美樹姊會把吃不完的蔬菜做成醃菜，或是由與喜和我載上小貨車，賣給農協直營的超市。雖然那些蔬菜大小不一，外表不夠美觀，但甜味、苦味和酸味恰到好處，水份也很充足，鎮上的人都很喜歡。

採收下來的玉米統統交給繁奶奶。繁奶奶把玉米外側的葉子（還是皮？我搞不清楚）剝掉後，把蓬亂的玉米鬚也拔乾淨，放在大鍋中煮熟，或是刷上醬油後用爐火烤來吃。

整個夏天，我和獨角仙一樣整天吃小黃瓜，每天還吃三根玉米。有時候山太也跑來開懷大吃與喜家的玉米。吃不完的玉米掛在泥土房間的樑柱上風乾，秋天的時候，就可以剝下玉米粒，和米飯同煮或是泡水後蒸來吃。

忙完農事，就要上山工作。傍晚下班後，要為農田澆水。左鄰右舍的家裡都是老人，沒有人下田工作，所以，也要幫忙採收鄰居田裡的小黃瓜、茄子和蕃茄。

到了晚餐時間，整個人都快累癱了，而且，上山工作以外的時間，隨時會遭到山太的水槍攻擊，完全無法鬆懈。

在與喜家，大家每天晚上都會一起坐在外簷廊上，享用著井水冰過的西瓜當作晚上的甜點，裝食鹽的小瓶子在我、與喜、美樹姊和繁奶奶之間傳來傳去。

大家仰望著星空，把西瓜籽吐到庭院裡。四個人吃了大量的西瓜，吐了大量的籽，一時之間我想像著我們吐出來的西瓜籽，都升上天空變成了星星。

因為吃太多西瓜，腸胃受了寒氣，大量玉米又導致消化不良。我猜想神去村的人整個夏天的腸胃都不太好，但因為吃的是新鮮美味的蔬菜和水果，即使吃壞肚子也甘之如飴。

然而我整天忙於農田和山上的工作，一有空閒，就拚命消耗蔬菜，應付和山太之間的攻防，根本無暇思考某些事。所謂某些事，就是如何接近直紀的問題，我也還沒有著手調查直紀到底喜歡誰。

很快夏日廟會就要到了，到底該怎麼辦？我還在思考這個問題，屁股就遭到了山太水槍的突擊。在這個村莊，根本沒辦法讓人專注在戀愛中。

這一天，我們這組人在清一哥家的庭院裡磨滑用來做壁龕柱的木材。壁龕柱就是壁龕內最明顯處主要支柱，同時可以作為房間的裝飾，因此，有時候會有一些奇特形狀的樹瘤或是表面有凹凸不平的波浪狀。

「這些樹是怎麼種出來的？」

即使我問與喜，他也回答說：「這是企業機密」，不願意告訴我。

事後我才知道，把免洗筷密密實實地綁在立木的樹幹上，樹的表面就會形成漂亮的波紋。綁免洗筷的方法也有訣竅，聽說還有綁免洗筷高手。樹瘤是樹幹受傷或有異物（應該是昆蟲吧）進入後自然形成的。另外，必須仔細判斷樹幹的這些奇特形狀的裝飾，是否能夠作為壁龕柱賣出去，否則即使砍伐下來，也只能淪為瑕疵品。

這一陣子，許多人都希望打造一個「有品質堅持的家」，在和室增加壁龕的空間，壁龕柱的木材訂單也逐漸增加。

壁龕柱不僅是裝飾，更是建造堅固壁龕的關鍵支柱。將壁龕柱用的樹木在山上伐倒後，有時候要放在斜坡上乾燥四年左右。如果沒有充分乾燥，會影響木材的韌度，很容易折斷。充分乾燥後，即使樹木有扭曲或是歪斜的外型，也不會影響韌度。

雖然也會將原木直接用來當壁龕柱，但最頂級的是「去芯」的木材。

「芯就是年輪中心的部分。」巖叔說，「去芯木材就是拿掉中心部分，只使用樹幹外緣部分的木材。」

「所以，如果原木的直徑不夠粗，就無法裁出漂亮的『去芯』木材嗎？」

「對啊，那棵柿樹就是自然樹。」

巖叔指著倒在清一哥家庭院的一棵巨大的柿樹說，「一定可以賣到很好價錢，嘿嘿嘿。」

「自然樹就是非植林的樹木吧？在哪裡採伐到這麼大的樹？」

「這是企業機密。」

這裡的秘密會不會太多了？

「不要只顧說話，忘了做事。」三郎老爹提醒道，「今天要磨完，裝上貨車送走。」

我慌忙低頭趕工。在神去村周圍山（這也是企業機密）上乾燥後的原木都堆在庭院裡，有整根原木用來當作壁龕柱使用的山茶花樹幹，或是像剛才的柿樹那樣，直徑很粗的原木，樹種五花八門。

有些樹幹已經剝了皮。我們這幾天都在用沙袋磨著剝了皮的樹幹。

用布袋裡的細沙磨擦樹幹，樹幹就會光滑起來，越來越有光澤。

太厲害了。我忍不住陶醉不已。雖然我在伐木、運木材時都幫不上忙，只有在割草時，稍微有了一點參與感，但就連我老媽也會在庭院裡割草，所以，即使在斜坡上割草的身手越來越矯健，似乎也沒什麼好得意的。

在磨壁龕柱時，可以親眼看到成果顯現，就會覺得「我也有模有樣！」雖然山太不時狙擊，讓我T恤的後背整天都濕答答的，但我不在意、一點也不在意。

不知道是否因為我賣力工作，三點就大功告成了。

清一哥坐上貨車，載了一車磨好的木材。

「我明天傍晚回來。」

握著方向盤的清一哥對三郎老爹和巖叔說，「與喜，其他事就交給你了。」

「好哪。」

「一定能賣到好價錢。」

清一哥開的貨車滿載著未來的高級壁龕柱，駛過不遠處的橋，在山路上漸漸遠離。我相信清一哥一定會在明天早上的罕見木材拍賣會上大顯身手。

我們平時栽植的杉木和檜木因為不是罕見木材，主要用於看不見的結構材，藏在牆壁、地板或天花板內，當然，有時候也會用於樑柱等可見之處。珍奇的罕見木材是指顏色、光滑度、光澤和木紋都很漂亮的天然木材，用於房屋內可以看到的地方，最能夠體現建造房屋者的喜好和美感。行家的講究沒有上限，因此，高級的罕見木材價格往往十分驚人。

拍賣的結果會影響到我們的薪水，所以，我也對著貨車的車尾燈合掌祈禱，「希望可以賣出好價錢」。

結果，我的後腦勺又中了水槍。

「喂，山太。」

我好不容易才逮住四處逃竄的山太，反架他的雙手。「你爸爸今天晚上不回家，你一定很寂寞吧？」

「我才不寂寞。」

山太逞強地說，笑著扭動身體，試圖掙脫我的雙臂。

「真的嗎？今天晚上可能會有妖怪喔。你爸爸在的話，可以馬上趕走妖怪，但今晚只有你一個人，怎麼辦？」

「我不怕，還有媽媽在。」

山太說話時哭喪著臉。啊呀呀，我是不是嚇他嚇過頭了。

「山太，要不要去游泳？」

與喜適時地邀了山太，山太馬上忘記剛才快哭了的表情，立刻很有活力地回答：

「我要去！」

神去村有游泳池嗎？我很訝異，但與喜帶著我和山太，從橋下往河邊走。原來游泳池就是神去河！

與喜穿著忍者膠底鞋走進河裡，不顧長褲的褲腳都濕了。他嘩啦嘩啦地走著，距離橋頭一百公尺的下游有一截五公尺左右的落差，形成了一個小瀑布。與喜抱著山太，探頭看著下方的淺潭。

「我們要跳下去囉，你要憋氣。」

「真的假的！」

驚叫的不是山太，而是我。我還來不及制止，與喜就抱著山太一起跳進了淺潭，只聽到「噗通」一聲水聲。

「與喜，山太！」

我膽戰心驚地走到瀑布旁，水流快把我沖下去了。水潭中有無數水泡翻騰著。

我覺得過了很長的時間，與喜和山太終於露出水面。與喜的金髮和瀑布的水花一起閃閃發亮，山太在與喜的肩上揮著手，另一隻手上仍然握緊了那把水槍。

「勇氣，你也跳下來！」與喜叫道，「盡可能往裡面跳一點，其他地方水很淺。」

我不能在與喜和山太面前退縮。我鼓起勇氣跳了下去。

冰冷的水頓時包圍了全身，心臟也縮了起來。瀑布的水流聲越來越遠，穿者忍者膠底鞋的腳底碰到了河底的河卵石。呃，真的很淺。在這種地方跳水，稍不留神，就會撞到腦袋上西天。

我用力蹬河底，試圖浮出水面。沒想到根本不必游泳，腿一伸就站直了。接觸到空氣時，河水打濕的身體忍不住發抖。

「好、好、好冷。」

「馬上就習慣了。」

與喜把山太放在淺灘後，找了一些大小適中的石頭圍成一個圓。原來這是座天然的泳池。過了一會兒，圓池裡的水因為和流水隔開，再加上陽光照射下而更加溫暖。

「山太，你來這裡玩。」

山太喜孜孜地走進與喜為他做的兒童池內坐了下來，時而為水槍裝子彈，時而像鱷魚一樣爬來爬去。

「山太，你先不要動。」

我蹲了下來，看著山太專用的泳池。當水面靜止時，透明的青鱂魚從石頭縫隙中鑽了進來，好奇地在山太柔嫩的小腿附近游來游去。

「哈哈，太厲害了，連魚也一起游泳。」

我笑著說。

「好厲害，好厲害。」

山太也笑了，但對山太來說，河裡有魚根本不足為奇，完全感受不到我的激動，我一邊說著「好厲害」的時候，一邊用手掌拍打著水面。青鱂魚群一下子散開，好像溶化在水中般不見了蹤影。雖然我覺得可惜，但只要山太高興就好。

與喜又開始「哼啊」地搬大岩石。他真是力大如牛。

「勇氣，你來幫我一下。」

於是，我也跟著他一起推石頭，但大部分力量還是來自與喜。

與喜用大岩石把瀑布和淺潭圍成半圓形，縫隙也盡量用中等大小的岩石堵住。不一會兒，瀑布流下來的水就積成一個大水塘，形成一個臨時水壩。

「這裡是成人池。」

與喜說著，穿著衣服游了起來。我也心癢癢的，一大早工作至今，汗流浹背的身體在清澈冰涼的水裡游泳，一定很舒服。

我也躍躍欲試地從大岩石上跳進水池。好冷！但是超爽快。由於水被堵住了，淺潭的範圍比剛才更大、更深，離底部有三公尺左右。

隔著透明的水，看到河底的石頭在陽光照射下閃著藍光，一尾和手指差不多長的黑魚游過眼前。走近瀑布的方向，水流逆向翻騰，冒出無數白色細小的氣泡。隔著水面，好像空中和水中各有一個瀑布。

我憋不住氣了，很不甘願地把頭探出水面，下巴不自主地發抖，牙齒無法咬緊。蟬鳴的聒噪聲絲毫不輸給瀑布聲。

我試著仰泳，讓肚子曬曬太陽。與喜背著山太，好像烏龜一樣在淺潭裡游泳。他們兩個人的嘴唇都變成了紫色，好像喝了添加色素的果汁。我的嘴唇應該也都發紫了。

和學校的游泳池不同，河裡的水溫很低，即使用大岩石擋住，水仍然不停地流，帶走身上的體溫。但我很想一直在河裡戲水，不願離開。與喜打造的天然泳池充滿了學校的泳池所不具有的魅力。

「喂，你們玩得很開心哪。」

抬頭一看，三郎老爹和巖叔站在路上。

「你們要不要下來？」

與喜向他們招手，巖叔搖著頭。

「泡在這麼冷的水會傷腰呢哪。」

「與喜，這個就拜託你了。」

三郎老爹用繩子綁著一個竹簍，慢慢放到水面。

「沒問題。」

與喜踩著水，接過竹簍，山太立刻從與喜的背上爬上他的肩頭。

山太和我好奇地看著與喜手上的竹簍。近距離觀察，發現竹簍的形狀很奇特，好像一個橫放的花瓶。

「這要幹嘛？」「這是什麼？」

我和山太異口同聲地問。

「你們不知道嗎！」

與喜十分驚訝，我渾身的血液都衝向已經冰冷的臉頰，但山太坦誠地回答：「嗯！」

「這叫『翻筋斗』，是用來捕鰻魚的陷阱。你們看，這裡不是特別窄嗎？」他指著竹簍的開口說：「鰻魚一旦進入，就無法再回到河裡了，可以捕到很多鰻魚喔。」

與喜說著，得意地用雙手搖了搖竹簍，我這才發現竹簍裡已經有好幾尾滑溜溜的鰻魚了。

「哇，哪裡捕到這麼多鰻魚的？」

「我也不知道，」與喜懊惱地說，「那是三郎老爹和巖叔的秘密基地，我猜想應該是這條河的哪條支流，改天我要跟蹤他們呢哪。」

「吃不了這麼多吧。」

繼西瓜和小黃瓜之後，又要墜入鰻魚地獄了嗎？再說，吃這麼多鰻魚，再怎麼養精蓄銳也沒有用武之地。

「不是，不是。」與喜說，「馬上要舉行夏日廟會了，我們這個組每年都負責蒲燒鰻魚的攤位，這些鰻魚是材料。」

與喜走出淺潭，扛著山太走向淺灘。他把竹簍浸在水裡，把繩子綁在岸邊的樹上。

「只要養在水裡，牠們就會活蹦亂跳地活到廟會當天。」

「不用餵飼料嗎？」

竹簍裡的人口密度（應該是鰻魚口密度）很高，我擔心地問。

「如果鰻魚連這種事都不會自己張羅，我們就傷腦筋了。」

「你傷什麼腦筋？那些莫名其妙被抓進竹簍裡的鰻魚才覺得傷腦筋吧？」

「真是拿你們沒法子。勇氣、山太，你們從今天開始負責餵鰻魚。」

與喜就擅自分派了工作，然後叫著「啊，冷死了，冷死了」，從河裡走到岸上。

「要趕快回去泡個澡。」

與喜做什麼事都我行我素。他霸占了浴室，我只好去清一哥家洗澡，在我洗身體的時候，山太的水槍仍不停地攻擊。

泡完澡，身體暖和後，我和山太牽著手，去百貨店買鰻魚的飼料。雖說是百貨店，但也沒有賣「鰻魚飼料」，我們問了正在看店的美樹姊的媽媽，決定用金魚飼料代替。

那天晚上，山太尿床了。早晨的陽光下，山太的床單在清一哥家的曬衣架上隨風飄揚。

不知道是因為在河裡玩水，還是因為我用「妖怪」嚇他，他才會尿床。

三郎老爹和巖叔每天都拎著竹簍，不知道又從哪裡捕了鰻魚回來。鰻魚放在採收蔬菜時用的大竹籠裡，大竹籠放在河裡，只有底部泡在水裡的景象太奇怪了。而且，只要探頭一看，就可以看到十幾條腹部淺綠色的肥滋滋鰻魚糾纏在一起。

會不會有人偷魚……？我不禁有點擔心，但充滿「哪啊哪啊」精神的這個村莊，防盜意識還很不普及，鰻魚就這樣養在河裡也沒關係。

我和山太每天早上都去探視鰻魚。

「牠們真的有吃嗎？」

「我也不知道。」

我們重複著同樣的對話，不停地向竹籠內丟金魚飼料。

壁龕柱似乎賣了好價錢，中村林業給員工發了夏季獎金。

林業這個行業有點像賭博，銷路好的時候，木材可以順利脫手。滯銷的時候，無論採伐多好的木材都賣不出去。必須耐心等待，伺機而動。當然，在等待的時候，也要持續養護山林。

由於身處一翻兩瞪眼的世界，與喜他們都高興地叫著「真幸運」，當作是額外收入。如果說是獎金，發的時間似乎有點晚，但沒有人在意這種枝微末節。清一哥也發了獎金給我這個見習生，牛皮紙信封裡裝了三萬圓。太開心了。

如果在城市的公司上班，即使是新進員工，也可以領到更高額的獎金，但我的食宿全包，他們還要負責教我，這麼一想，就覺得中村林業的待遇很不錯。

我樂不可支地找繁奶奶幫我換錢。因為廟會時，應該會用到零錢。繁奶奶平時都用正露丸的盒子存放五百圓，她已經快存滿四個正露丸盒了。

繁奶奶把我第一次領到的獎金供在祖先牌位前後，雙手合掌，嘴裡唸唸有詞，還咚、咚地敲了幾下木魚。然後，她要我背起她，自己把手搆到牌位後面。她把正露丸的盒子藏在祖先的牌位後面。

「要換多少？」

繁奶奶問。我只是想在那些攤位隨便買點東西，所以，就從供在祖先牌位前的信封裡抽出一張一萬圓，交給了她。

坐在榻榻米上的繁奶奶把存在正露丸盒子裡的五百圓硬幣倒了出來，好像在數彈珠似地數了起來，「一個、兩個」。

「給你，總共十八個。」

我愣了一下，立刻大叫：「為什麼？繁奶奶，一萬圓不是要換二十個嗎？」

「還要手續費。」

太離譜了。我難過地看著十八個五百圓的硬幣。

「嘿嘿，」繁奶奶笑了起來，「王開笑的。」

王開笑是誰？

「……妳是說開玩笑嗎？」

繁奶奶好像小女孩般點著頭，把三個五百圓硬幣推到我面前。

「這次又多給我一個了。」

「你就拿著吧，因為你工作很努力。」

即使在白天，佛堂也很昏暗，但硬幣在佛堂閃著銀色的光芒。我鄭重其事地把繁奶奶多給我的五百圓零用錢握在手心。

「奶奶，謝謝妳。」

繁奶奶努著嘴巴，害臊地假裝沒聽見。

萬里晴空中響起清脆的笛聲和隆隆鼓聲。

夏日廟會開始啦。

除了神去村以外，附近村莊的人也陸續湧來。參加廟會的人潮讓神去地區一大早就開始塞車，因為山路只比田埂稍微寬一點，所以也是沒辦法的事。

廟會在神去神社舉行，這是不同於中地區的另一家神社，神去村有無數神社和廟宇。神去神社的老舊神社位在我們稱為「南山」的小山山腰上，沒有裝飾，老實說，有點破舊。去神社時，必須在曲折的坡道上走五分鐘，所以，神去地區的人平時也很少前往，通常都只有輪流指派村民去神社打掃而已。

至於是什麼原因呢，三郎老爹這麼說：

「因為這裡的神明很可怕，神去神社是神明在神去山上的別墅，如果人類吵吵嚷嚷地跑去安靜的別墅打擾，反而會惹惱神明，所以，沒必要常常打擾。」

「廟會的日子就可以去神社嗎？」

夏日廟會時，羊腸小徑的山坡上擠滿了攤位。當然，黑道不會特地來這種深山裡收保護費，都是神去村的村民自己擺設的攤位。

「只有今天可以去。」三郎老爹煞有其事地點了點頭，「因為只有這一天，神去的神明會下山，而且會傾聽人類的祈願。」

那我也要投香油錢，拜託一下神明。我腦海中浮現出直紀的身影。

我和三郎老爹正在清一哥家的庭院裡說話。中午一過，就已傳來了廟會的音樂聲。我們卻還在為擺攤做準備，把庭院內的桌子當成作業臺。

戴著棉紗手套的與喜從盆子裡抓起滑溜溜的鰻魚。鰻魚活力十足，逃離了與喜的手，在庭院的石子上扭來扭去。阿鋸興奮地撲向鰻魚，我負責看好阿鋸。

「嗚嚕嚕嚕！」

與喜總算抓起了鰻魚，直接放在桌上。照理說，應該用砧板，但他們毫不在意。

「看招！」

清一哥立刻舉起一個特大號的錐子準備釘住鰻魚。雖然他很有氣勢地喊著：「看招！」，但錐子根本沒碰到鰻魚，就釘在桌子上了。

殺鰻魚不是一件容易的事。

「是誰分配這樣分工的？」在一旁等得不耐煩的三郎老爹終於按捺不住，丟下了手上的鐵籤。「這要等到什麼時候呢哪，去把阿巖叫來。」

巖叔已經提早去了神社搭攤位。

「已經沒問題了，我掌握了訣竅。」

清一哥擦了擦額頭上的汗。山太戰戰兢兢地伸出手，摸了摸被釘在桌上後，仍然想要逃離的鰻魚。山太，你的心情我最懂，我們曾經疼愛牠們，餵牠們吃飼料，牠們就像是我們的寵物。

祐子姊和美樹姊站在遠處笑著看著我們苦戰。廟會的日子，女人不能下廚房，也不能做家事。不要問我為什麼，好像是村裡自古以來留下來的習俗。

啊——啊，好想趕快去神社。廟會已經開始了，照這樣下去，根本不知道什麼時候才能看到直紀。我在已經淪為鰻魚殺戮戰場的庭院內嘆著氣。

話說回來，我也不該嘆氣的，因為那位拿起鰻魚直接剁下魚頭之後，被與喜大罵：「豬頭！才不是這樣！算了，你負責看管阿鋸就好！」的人，不是別人，就是在下我啦。

天黑之前，鰻魚就已經賣光光了。

蒲燒鰻魚一片兩百圓，小碗鰻魚飯（用的是神去產越光米）才三百圓，當然一下子就賣光了。巖叔搭建的中村林業攤位周圍擠滿了被醬汁香味吸引而來的客人。

三郎老爹不停地用鐵籤串起鰻魚，與喜和巖叔一手拿著扇子，忙著烤鰻魚。我時而用刷子刷上醬汁，時而把烤好的鰻魚按客人點菜的要求，放在紙盤或是紙碗上，忙得不亦樂乎，有時候差點把用來裝飯的飯勺拿去刷烤網上的鰻魚。

清一哥負責收錢。只有他一個人笑呵呵地為客人點餐，把收的錢放進糖果空罐裡，可涼快的呢！

「太不公平了。」我用浴衣的袖子擦了擦從下巴滴下來的汗，「我的右手手腕都開始痛了。」

「啊？」與喜看了看瞇著眼睛的我，我瞇眼睛並不是在微笑，也不是在耍狠，而是煙和熱氣燻得我張不開眼睛。

「既然這樣，你就直接去跟他說，要跟他交換呢哪。」

「我不敢，你去說。」

「不行，不行。」與喜的頭搖得像撥浪鼓，「如果讓清一來烤，鰻魚都會烤成黑炭。」

雖然與喜嘴上這麼說，但其實他也不敢對清一哥有什麼意見。在山上工作時，組內成員都暢所欲言，發表各自的意見，有時候還會激烈爭辯，簡直就像在吵架。但他們再怎麼激烈，畢竟說的是神去話，所以聽起來輕腔軟調的。

不過，和林務無關的事，都是清一哥說了算。我能理解大家的心情，不光是因為清一哥是東家，而是他身上散發出一種說一不二的氣勢。清一哥並不強勢，也絕對不會大聲說話，他應該算是溫和冷靜派。但是，當清一哥用平靜的語氣說：「就這麼辦」時，大家都會情不自禁地點頭說「好」。

這時，清一哥也充分發揮了他的神奇說服力，面帶生意人的親切笑容，做著最輕鬆的工作。我們的浴衣衣襟都被汗水染成了深色，清一哥實在太奸詐了。

對了，我們這組的每個人都穿著相同款式的新浴衣來參加夏日廟會。繁奶奶為我們縫製了藏青色條紋浴衣，很雅緻，很帥氣，但我繫的腰帶卻是向與喜借的水藍色兵兒腰帶，繫上這種兒童用的軟綢腰帶，新浴衣的雅緻被破壞得蕩然無存。

「這根本是小孩子用的腰帶。」

我表示抗議。

「沒這回事呢哪，西鄉隆盛也是繫這種腰帶。」

說得好像他親眼看到的一樣。

最後，我只能繫這種好像金魚尾巴一樣鬆垮的腰帶。與喜繫了一條好像演歌歌手般的金色腰帶，他去哪裡買的？

話說回來，與喜也不是一無是處，聽到我說「我從來沒吃過野生的鰻魚」時，他把最後一塊鰻魚遞給我。

三郎老爹和巖叔正在收拾攤位，清一哥正在數糖果罐裡的鈔票，我站著享用盤子裡的鰻魚。與喜雙手扠腰，一臉得意地看著我的表情。

「怎麼樣？」

「好師（好吃）。」

巖叔特製的醬汁下，可以品嚐到熱騰騰的鰻魚肉淡淡的甘甜。在巖叔的指示下，最後兩天把鰻魚養在裝了井水的盆子裡，完全不餵食。不知道是否這一招奏了效，鰻魚完全沒有土味，好像是神去村清澈的水把鰻魚的身體內部也洗滌乾淨一番，咬在嘴裡的口感很像是清新、濃郁的山上空氣。微焦魚皮就像是帶著清香的樹皮般香氣撲鼻。

我之前以為鰻魚是體力衰弱的老人偶爾用來滋補的，沒想到這麼好吃。每咬一口，油脂就軟軟地在嘴裡擴散，和灑在鰻魚上的山椒粉完美融合，輕輕滑進了喉嚨。這彈牙口感……，嗯，因為是野生的，所以肉質特別緊實？

「雖然好吃，」我把嘴裡的鰻魚吞下去後問與喜，「你不覺得有點硬嗎？」

「有點硬？」

與喜以為烤的技術出了問題，所以有點不安。「我看看。」說著，他抓起盤子裡剩下的蒲燒鰻魚，張大嘴咬了起來。

「啊啊啊，我的！」

我拚命伸手，但剩下一半的鰻魚被與喜吃下了肚。幹！

「一點都不硬呢哪，你的牙齒太弱了。」

和與喜這隻肉食恐龍相比，我的牙齒當然弱了。我滿懷恨意瞪著心滿意足地吃著鰻魚的與喜。

「應該是關西和關東的差別。」

數完錢的清一哥說，「關東在烤鰻魚前會先蒸熟，但關西不會先蒸，直接拿來烤。所以，和勇氣之前吃的烤鰻魚口感不太一樣。」

「先蒸？」與喜說話的聲音都變了，「真的假的，蒸了以後不就軟趴趴了？」

我也不知道關東的鰻魚是先蒸再烤。

「清一哥，你以前是不是在神去村以外的地方生活過？」

「關東和關西烤鰻魚方法不同是常識啊……」

清一哥困惑地說，三郎老爹和巖叔也連連點頭說：「是啊，是啊。」

「勇氣還年輕，不知道也就罷了，與喜也太沒常識了。」

「他除了杉樹以外什麼都不知道。」

「你們兩個老古董真囉嗦，不要開這種無聊的玩笑呢哪。」

清一哥不理會與喜他們的鬥嘴，蓋上糖果罐的蓋子。

「我的確在東京住了一陣子，讀東京的大學，只是當時還是學生，沒錢吃鰻魚。」

「你就是在那時候找到老婆的。」

與喜笑嘻嘻地說。

「什麼！？」

我急忙在腦海中攤開了〈神去村人物關係圖〉。「清一哥的太太不是祐子姊嗎？」

「對啊。」

「直紀是祐子姊的妹妹，住在中地區的神社附近。」

「嗯。」

「那不是很奇怪嗎？祐子姊的娘家在中地區，清一哥在去東京之前不認識祐子姊嗎？」

「不對，不是這樣。」三郎老爹搖著手，「神社附近的房子是祐子和直紀的外公、外婆的，那對姊妹是在東京出生，東京長大的。」

「我剛好在大學的社團認識了祐子，」清一哥補充說：「聊天的時候，才知道她母親的老家在神去的中地區。她在上中學之前，暑假有時候會來玩。」

「你居然還可以在東京遇到和這個人口稀少的村莊有淵源的女人，你的女人運真是太好了。」

與喜再度露出奸笑。

「只能說是命中註定，」清一哥若無其事地回答，「之後，我們就開始交往。祐子的外公、外婆已經過世，中地區的房子沒有人住。我們把房子整理了一下，去年，直紀考取教師執照後就搬了過來。」

「直紀一個人住在那裡嗎？」

「對啊，我們一直叫她搬來家裡住。」

清一哥似乎很擔心。

直紀真是與眾不同。我暗自想道。她一個年輕女生居然願意來到這個四面環山，入夜之後一片漆黑的村莊。

「你們結婚的時候，」巖叔掐指計算著，「直紀還是中學生，每次放假就來村裡玩，可見她很喜歡神去。」

「不知道是喜歡這個地方，還是喜歡這裡的人。」

與喜又一臉奸笑地說。

該不會？我恍然大悟。這就是所謂戀愛中的男人特有的第六感嗎？我偷偷地瞄了一下，發現清一哥默默地露出微笑。

「啊喲，已經賣完啦。」

這時，響起一個快活的聲音。祐子姊和直紀，還有和直紀牽著手的山太從擠滿參道的人潮中走向我們的攤位。

「今年又沒有吃到。」

「妳真想吃的話，應該早一點來。」

直紀站在不遠處看著祐子姊和清一哥親密地對話。

哇噢，我猜對了嗎？但是，清一哥和直紀應該相差十多歲，更何況是她姊夫，不可能吧，趕快告訴我沒有這回事！

不，這種時候應該表現得強勢一點。加油，勇氣。直紀，趕快忘了那種離經叛道的戀愛，眼前有一個更棒的男人。唉，這種話我怎麼敢說出口。我不像清一哥那樣擁有一大片山林，不過，我的工作能力很強喔，只不過目前還是見習生而已。妳對見習生應該沒興趣吧，但我的前途無量。呃，其實我也不太有把握。

我正在胡思亂想，山太鬆開直紀的手走了過來，拉著我的兵兒腰帶。住手，這種腰帶很容易鬆開。

「勇氣。」

「不要直接叫我的名字。」

「勇哥。」

「幹嘛？」

「我想吃棉花糖。」

為什麼要找我？我低頭一看，發現山太滿懷期待地看著我。真拿他沒辦法。我今天一整天都在顧攤位，還沒好好欣賞廟會的全貌，那就去逛一下吧。

我牽著山太的手，沿著參道往上走。我們這組的其他人收拾完畢後，也消失在廟會擁擠的人潮中。我回頭一看，發現祐子姊向我點點頭，似乎在說「真不好意思」。不客氣，不客氣，沒事啦，反正我已經習慣當山太的玩伴了。

直紀被幾個看起來像是她學生的小學生團團圍住，露出燦爛的笑容。

參道上的小型石燈籠點著火，懸著白熾燈的攤位傳來宏亮的吆喝聲，飄著香噴噴的味道。

章魚燒、烤仙貝、射靶、釣溜溜球。

也有山太想要找的棉花糖攤位，攤位上掛著印了卡通人物的粉紅色、淺藍色袋子，老闆在透明的罩子下，用免洗筷攪動著，撈起棉花糖。無論看幾次，都覺得做棉花糖的人好像在變魔術。

「你喜歡哪一個？」

我指著袋子問。山太搖搖頭。他似乎對袋子上的卡通人物沒有興趣，想吃老闆當場做出來的棉花糖。

即使我告訴他，「每個袋子裡的都是一樣的」，他仍然堅持指著老闆的手說：「我要那個。」一真是怪胎。我暗想道，我小時候就是想要戰隊英雄的棉花糖袋子。

老闆為山太做了一個特大號的棉花糖。

「煙，煙。」

山太說著，開心地舔著棉花糖。

「那是砂糖。」

「是煙。」

山太也給我咬了一口。有一點焦焦的香味和不知道是融化，還是黏在嘴裡的口感的確有點像煙。

廟會的音樂聲越來越響亮，嘈雜聲越來越大，人潮也越來越擁擠。山上吹來夏日晚風，廟會的傍晚令人興奮無比。

我們終於來到參道盡頭，走過紅色油漆已經剝落的老舊鳥居。神社內也擠滿了人潮和攤位，鼓聲和笛子聲從中央的望樓傳來，在好幾個地方燃起的篝火照亮了人們的笑聲。

神社旁的森林黑漆漆的，完全看不清楚。神去山的山頂從南山稜線的後方探出頭。寧靜的山令人難以靠近，無論我們怎麼喧鬧，群山依然故我。

「我們去拜拜。」

山太把一隻手伸進身上那件淺藍色涼衫的懷裡，拿出一個塑膠製的小錢包。釦環太緊了，他自己打不開。我幫他打開後，他拿出兩個嶄新的五圓硬幣。

「媽媽給我的。」

山太說著，要把其中一個五圓硬幣塞到我手上。我怎麼能拿幼童的錢？

「不用了，我會自己付香油錢。」

「不行，大山祇神喜歡亮亮的五圓硬幣。勇哥，你有嗎？」

「沒有。」

「那就用這個。」

雖然我搞不太清楚，可能是村莊的規矩吧。我接過五圓硬幣，和山太一起走到神殿前排隊。大家都在排隊拜拜。

神殿和鳥居一樣老舊，屋頂搭蓋著杉樹皮，但今天的廟會這麼熱鬧，大家都來敬拜，可見有拜果然有保庇？

「這裡祭祀的是大山祇神嗎？」

「祭祀……？」

「就是住在這個房子裡的神明，是叫大山祇神嗎？」

「對哪。」

我記得這個名字。山太遭神隱時，村民都竊聲說著這個名字。

「是怎樣的神明？」

「很可怕，」山太小聲地說：「但會保佑我們。」

是喔。神明都一樣，只會保佑。不過，說起來也是天經地義。

「勇哥，你要許什麼願？」

我們終於來到賽錢箱前，「在廟會當晚許願就會實現喔，我爸爸說的。」

山太拉了拉鈴鐺下的繩子，鈴鐺哐啷哐啷地響了起來。我想了一下。

請讓我成為男人，成為直紀願意傾心的男人。

我拍了拍手，在嘴裡唸著。當我張開眼睛時，山太也剛好許完願。

「你許什麼願？」

「不能告訴你。」

山太雙手掩著嘴，吃吃地笑了起來。

「為什麼？你剛才不是問了我的嗎？」

我們再度牽著手，離開了神殿，讓後面的人拜拜。

天色不知道什麼時候已經暗了下來，滿天的星星同時綻放銀色光芒。

「哇噢。」

黑暗中，神去河在南山的下方靜靜地流動。抬頭仰望，天空中也有一條宛如倒影般的星河。

但山太是小鬼，根本不懂得欣賞星空。

「我們去撈金魚。」

他拉著我的腰帶說。叫你別拉了你還拉。

我們蹲在撈金魚的攤位前物色獵物。

「山太，要撈哪一條？」

「黑色的。」

「水泡眼金魚？換別的吧，絕對不可能撈到的啦。」

一次一百圓。山太的錢當然由我幫他付，但是我們完全撈不起來。我向來很不會撈金魚，我猜與喜應該可以撈二十尾吧。

鎖定大金魚的山太很快就撈破了紙網。好，山太，再撈一次。

我和山太正在專心撈魚，背後響起笑聲。

「太遜了。」

我嚇了一跳，結果手上的紙網破了。啊啊啊。回頭一看，竟然是直紀。

「我也來試試，老闆，我玩一次。」

直紀遞給攤位老闆一百圓，在我和山太中間蹲了下來。我趕緊往旁邊挪了挪，心臟快從嘴巴跳出來了。

「要很小心地把魚趕到旁邊……」

直紀認真的表情太迷人了。我看得出了神，水花濺到了我臉上，直紀手上的水盆裡有一尾紅色的金魚。

「直紀，妳好厲害。」

山太拍著她的手，把她手上的紙網震破了。啊啊啊，山太，你在幹什麼啊。

直紀請老闆把她撈到的那尾金魚裝進透明的塑膠袋，「呵呵」地笑了起來。

「怎麼樣？很厲害吧？」

「可惜只有一條。」

「你說什麼？」

「即使沒有撈到，老闆也會免費送金魚。老闆，我沒說錯吧？」

「對啊。只送一條。」

「什麼？玩兩次也只送一條嗎？」

「不管玩幾次，如果一條也沒撈到，都只送一條。山太，我可以送你兩條。」

「謝謝。」

結果，山太有兩條，直紀有一條（自己撈的），我也有一條（老闆送的）。直紀再度呵呵笑了起來。

「山太想撈金魚還情有可原，你撈金魚有什麼用？」

「我想帶回去送繁奶奶。」

因為繁奶奶給了我零用錢。我拎著塑膠袋，看著今天戰果的金魚。雖然金魚很小，而且是淡橘色的，但很可愛。如果裝進玻璃盆，放在繁奶奶房間，她一定很高興。

「是喔，」直紀說，「山太，你差不多該睡覺了。」

「啊——，我還想和勇哥玩。」

「不行呢哪，你媽媽來了。」

直紀指著神社的角落說，清一哥和祐子姊正在向山太招手。

「明天我下山後再去找你玩。」

聽到我這麼說，山太很不甘願地點頭，揮了揮手，說了聲「晚安」，就跑向清一哥他們那裡。

我偷瞄直紀。直紀的睫毛在篝火影子中晃動，視線集中在漸漸走遠的清一哥身上。我只能感受著手指所拎的金魚袋子重量。

「對了，」當清一哥一家人離開神社後，直紀轉頭看著我，「我姊姊要我把剛才你幫山太付的錢給還你。多少錢？」

「不用啦，這種小錢。」

我搖了搖頭，沒想到肚子咕嚕地叫了起來。為什麼？為什麼肚子偏偏在這種時候不爭氣地發出聲音？

直紀幫我買了炒麵，我站在神社的角落吃了起來。真好吃。我這輩子都沒吃過這麼好吃的炒麵。

廟會越來越熱鬧。與喜在望樓下參加「豪飲比賽」，接二連三地把從木桶倒進酒杯裡的御神酒一飲而盡。五名參加者中，也見到了三郎老爹的身影。最後由與喜和三郎老爹單挑，與喜以喝完十四杯獲勝。在這麼短的時間內喝完一升外加四大杯酒仍然可以若無其事，真不知道他的肝臟長什麼樣子。與喜果然不是人。

「美樹，我贏了，我是目途囉！」

與喜在神社正中央大叫起來。

「別叫呢哪，丟臉死了。」

美樹姊打他的頭。

「目途是什麼？」

我問。直紀臉頰微微泛紅說：

「我不知道，你自己去問與喜。」

「好。」

目途目途目途。我在心裡默唸，擔心自己會忘記。

「你也會參加嗎？」

「參加什麼？」

「大山祇神的……」說到一半，直紀住了口，「算了，沒事，反正你只是來這裡進修的。」

我火冒三丈。這次又是說到大山祇神就沒下文，我永遠都被當成外人。

「不要你啊你的，我叫平野勇氣，而且，妳自己也不是神去村的人。」

「沒錯，」直紀的表情僵硬，轉頭正視我，「但我和你不一樣，我決定一輩子都留在神去村。」

她不屑的態度，似乎連我投入的林務工作也遭到了否定，我更加火大了。

「是喔？因為這裡有清一哥嗎？」

直紀立刻變了臉，我不知道該怎麼形容她的表情。如果時間可以倒轉，我很想狠狠把口無遮攔的自己踹飛。

她十分驚訝，似乎快要哭出來了，在她的臉上可以看到屈辱、羞恥和憤怒交織在一起。

「這和你沒有關係呢哪！」

直紀尖聲叫完這句話，就轉身離開了。周圍的人都驚訝地看著愣在原地的我和大步離去的直紀。

我為什麼故意說這種傷害直紀的話？我真的太幼稚了，比山太更不如。

我之前並不是沒有交過女朋友，曾經向人表白過，也曾經有人對我示愛；曾經甩過別人，也被別人甩過，但是，我從來沒有做過這麼丟人現眼的事。面對直紀時，不要說是神去話，我連橫濱話也說不清楚。

我注視著直紀垂頭喪氣的背影，發現她在參道前停下了腳步，轉身向我走來。發生什麼事了？我正在納悶，她大步走到我面前。

直紀在我的面前停了下來。

「給你。」

她把手上的金魚遞到我面前，我不加思索地接了過來。

「因為只有一條魚太可憐了。」直紀說完，再度轉身離開，「不是給你的，是給繁奶奶的。」

這一次，她真的頭也不回地離開了。

我拎了兩袋金魚，喃喃說著：「我喜歡妳」。直紀當然不可能聽到，但我在心裡一次又一次地重複。我喜歡妳，直紀，我喜歡妳。如果妳願意原諒我，我再也不會惹妳生氣了。

雖然我真的這麼想，但事實上，那個時候，「想和她打一炮」的想法幾乎佔據了一大半，遠遠超過了「她真漂亮」的感覺，戀愛的感覺迅速和下半身連結在一起。

我想打炮，想和直紀打炮，嗚噢！

金魚袋子裡發出清涼的水聲。

我可能精蟲衝腦，太慾求不滿了。因為村莊裡的年輕女人幾乎都已經嫁為人婦，因此在神去村遇到了直紀，覺得她渾身充滿魅力。

我沒打算回家，但我在廟會的隔天硬是向清一哥要求放暑假。

相隔四個月回到家，老媽為我炸了豬排和雞塊，燒了一桌子的菜。那幾天，她終於覺得兒子可以暫時比孫子優先。

和爸媽一起圍坐在桌旁的氣氛很和諧。在神去村的那段日子，我的叛逆期似乎暫時告一段落了。之前和爸媽一起聊天都覺得煩，但這次回家時，發現有不少話題可以聊。像是神去的村民，山上的工作，還有水蛭，我都告訴了他們。老媽時而哈哈大笑，時而滿臉擔憂，在家裡向來沒什麼地位的老爸說：「勇氣，你越來越能幹了。」

我去了橫濱車站，想買手機電池，但看到那裡人山人海就開始頭暈了。商店裡琳瑯滿目的商品也讓我嚇到了。這裡和神去村真的是同一個國家嗎？我已經忘記了這種繁華。

我興高采烈地走在地下街，巧遇了高中同學，我的前女友也在其中。她化了很濃的妝，嘴唇也油油亮亮的。唉，她真的很可愛。直紀絕對不會穿那種小可愛。

正值中午，我和他們一起去吃了義大利麵。神去村絕對吃不到義大利麵。

「勇氣，你最近在幹嘛？」

「林業？會不會太酷了？」

我的老同學和前女友個性都很好，我們談著彼此的近況，聊得很開心。道別時，想到又會有很長時間無法見面，就特別感傷。

但是，於事無補。

我的暑假休了兩天就主動回到了神去村，我沒有買手機電池。

「你聽到山林在呼喚你嗎？」

與喜笑著說。清一哥露出一貫的微笑，不知道他有沒有猜到真相。

「我以前在東京的時候也覺得很痛苦。天氣好的時候，看到遠處的丹澤群山時，就會聯想到神去的山，整天在想『那裡不知道有沒有養護？不知道什麼時候伐木？』。」

呼喚我的並不是山，而是直紀的身影。也許對我來說，直紀就像是山。

總是令人生畏，讓人不敢靠近一步，但永遠都是那麼美。

繁奶奶養著那兩條金魚。與喜從閣樓找出一個玻璃金魚缸，兩條魚相親相愛地在裡面游來游去。

牠們吃了好一陣子之前餵鰻魚剩下的飼料。

我不知道繁奶奶有沒有幫金魚取名字，我偷偷幫紅色的金魚取了名字，但我不好意思說出口，這是我一輩子的秘密。

第四章　燃燒的山

「這才是真正的絕景！」

與喜在樹高足足有三十公尺的樟樹頂上大叫著。我坐在比較低的樹枝上，感受著遼闊的天空和迎面吹來的風。

我們來到西山的山腰為檜樹打枝。

即使在同一座山上，也會視日照和泥土的狀況，同時栽植杉樹和檜樹。泥土貧瘠，日照比較不佳的環境適合杉樹生長，所以，通常都會栽種在中高海拔以下。相反的，比杉樹更耐寒，也耐雪的檜樹都種在山頂陽光充足、排水理想的地方。

若栽種在山頂一帶，養護和砍伐都需要耗費更多勞力，必須爬半天山，才能抵達作業現場，增加了工作的危險性。即使受了傷，也無法立刻回到村莊，除了小組成員以外，在空無一人的深山裡，必須小心翼翼地工作，神經也得繃緊一點。

當然，也有例外。那就是與喜。與喜在海拔越高和危險度越高的地方越興奮，他最喜歡「在山頂附近為檜樹打枝」。他樂不可支，午休時甚至留在樹上不肯下來。因為他說吃完飯還要再打枝，爬上爬下很麻煩。他用一根繩子綁在腰上，繫在檜樹上，像簑衣蟲一樣懸在半空中吃飯糰。

「不要管他呢哪，」三郎老爹說，「他這個人哈尹托古蒙」。

「哈尹托古蒙」是神去話，代表「做事很不踏實」的意思。阿鋸看了看在頭頂上晃來晃去的與喜，對著清一哥搖尾巴，示意牠想喝水。他幫阿鋸在竹葉編的容器裡裝了溪水後，牠呼嚕呼嚕地喝了起來。阿鋸比牠的主人懂規矩多了。

在斜坡上爬樹比在平坦的地方爬樹可怕多了，剛開始打枝的時候，我都戰戰兢兢的。杉樹和檜樹上沒有可以落腳的樹枝，因為打枝的目的就是要砍除這些不必要的樹枝。而且，也幾乎不用支撐身體的輔助繩，因為不停地把好幾根繩子綁起、拆下會影響作業進度。

但我很快就適應了。山很大，山上有無數檜樹，必須為所有這些檜樹打枝。專心作業時，根本無暇說害怕。

漸漸得心應手後，這一天，我在與喜的慫恿下，和他一起爬上了大樟樹。神去村的山上都種著杉樹和檜樹，但在稜線的地方，偶爾會有樟樹之類的闊葉樹。植林時，會特地種一棵闊葉樹，或是將原本就長在那裡的闊葉樹留下來作為界線的標示。

西山這棵樟樹以東的斜坡屬於中地區的某位山林地主，由於年事已高，無法自行上山工作，因此委託清一哥的公司養護。林業的工作需要體力和經驗，大家相互扶持，代代地主之間也都彼此合作，建立了信賴關係。

巨大的樟樹枝葉茂盛，三兩下就爬上去了。而且，這棵樟樹散發出清新的香味，我用臉輕輕摩擦著樹葉，眺望著眼前一片整齊的綠海和屋瓦熠熠發亮的神去村。

天空一片蔚藍，吹來的風已經帶著秋天的溫度，不會再有人想去河裡游泳了。口山很快就會出現滿山的紅葉，柿子也很快會紅了。

山上的動物也忙著為冬眠做準備。阿鋸察覺到動物的動靜後，拚命向著草叢吠叫，捲起的白尾巴在草叢中頻繁地搖晃著。

「阿鋸，好了，知道了。」

聽到與喜在樟樹頂上這麼說，阿鋸稍微安靜了一下，不滿地用前腳扒著泥土，好像在說：「草叢裡有動靜？真的不用理會嗎？」但牠很快就按捺不住，再度對著草叢吠叫。

「牠身上流著獵犬的血液。」

與喜不再阻止阿鋸，靠在樟樹的樹幹上。那裡是離地三十公尺高，他鎮定自若好像躺在自家客廳的沙發上。

我小心謹慎地調整了一下姿勢。想要和樹融為一體，就絕對不能往下看。一旦發現自己的高度，卵葩保證會嚇得縮起來。

「阿鋸在山上很顯眼，牠的毛很白。」

神去村的人從來不會為狗洗澡，之前，與喜在電視上看到穿衣服的狗，居然捧腹大笑。阿鋸也帶著野性，老實說，和在都市中看到的狗相比，牠真的有點髒。然而，一旦進入山裡，牠就綻放出神聖的白色光芒。

「聰明的白狗是山林人的寶貝，在森林裡的時候，即使晚上，白狗也很容易發現。即使我在工作時發生意外無法動彈，別人根據阿鋸的毛色找到我的機率也會大增。」

「是喔。」

我不由地感到佩服，但與喜在決定要養什麼狗時一定不可能想得如此周全。

「但冬天怎麼辦？一旦下了雪，阿鋸就和雪景融為一體了。」

「這種時候，就抱著牠取暖。在緊要關頭，還可以把牠煮來吃。」

太殘忍了。不過，我很清楚，即使與喜真的遇到「緊要關頭」，也不可能把阿鋸煮來吃。相反的，他可能用自己的肉餵阿鋸。雖然他不會幫阿鋸打扮，但我相信沒有人比他更愛自己的狗。山林人和狗雖然不會膩在一起，心靈卻是相通的，我經常感受到與喜和阿鋸之間互望的眼神。

打枝作業十分順利。

我比之前更有經驗了，不會再說「好不容易長出來的樹枝，砍掉太可惜了」這種話。想要木材上沒有樹結，打枝是十分重要的工作。砍除多餘的樹枝，可以避免營養分散，也可以使所有樹木都可以照到陽光，更可以將山林大火控制在最小範圍。

植林的山上經常會發生山林大火，因為當人進入山林中工作時，難免會升火或是抽菸。當用火不小心引起火災時，完成打枝的森林因為樹幹的下半部沒有助長火勢蔓延的樹枝，可以在某種程度上有效防止延燒。沒有養護的森林一旦發生火災，由於即將枯死的樹枝離地面很近，火勢就會迅速擴散。

「一旦發生山林大火，幾十年的心血就泡湯了。」巖叔說，「勇氣，你要小心火燭，也要做好森林的養護工作，要徹底做好這兩件事。山林人絕對不能忘記是在向山上的神明借土地。」

西山的檜樹差不多有十二公尺高，我們正在砍整離地七、八公尺高的樹枝。樹枝根部的直徑大約有七公分左右，這些樹枝都要砍光。

但並不是亂砍一通，樹枝的根部不是有點鼓起來嗎？如果把鼓起來的部分也一起砍掉，就會對樹幹造成損傷，影響木材的價值。因此，必須根據樹枝和樹幹的形狀，從適當的角度下手，保留樹枝根部鼓起來的部分。趴在離地八公尺的枝幹上進行這項作業很耗費精神，手臂也很痠痛，繩子卡進肉裡也痛得要命。

我都用鋸子打枝，與喜當然還是一把斧頭走天下。他懸在空中不斷揮動斧頭，精準地打落樹枝。而且，完成一棵樹的打枝後，他把繩子一拋，拋向旁邊那棵樹的樹枝，整個人也盪向旁邊的樹。他說，在樹上爬上爬下會消耗多餘的體力。這根本不是凡人能夠辦到的。

「我像不像泰山？很帥吧。」

他自己根本不當一回事。我覺得他根本就是手拿凶器的鼯鼠。

我在作業完成後，當然乖乖地走下梯子，再把梯子架在隔壁的樹上爬上去。這種梯子稱為「蜈蚣梯」，一整根剝了皮的細原木上釘了很多根錯落的木樁方便站立，把蜈蚣梯架在樹幹上，用數條繩子綁住加以固定。

太陽下山的時間越來越早，五點過後，天色已經暗了下來。烏鴉呱呱叫，遠處的山染成一片紅色時，我們一天的工作也結束了。傍晚的風吹在身上，帶走了皮膚的體溫，只有「今天工作也很努力」的成就感化成了熱量，留在身體深處。既有一種「終於可以回家吃飯」的解脫感，又有一種落寞。

「西山基本上已經完工了。」

清一哥在下山的時候說。

「沒想到比原先預料的更快。」扛著蜈蚣梯的巖叔回頭看著我說，「多虧有勇氣加入。」我聽了暗爽不已，但又覺得不好意思，假裝很酷地說：「沒這回事啦。」沒想到與喜點著頭說：「對啊，沒這回事。」他不說話會死啊。

「明天怎麼辦？上午要上山嗎？」

三郎老爹問清一哥，不理會正在打打鬧鬧的我和與喜。

「不，明天上午休息吧。」

「啊？為什麼？」

與喜不滿地問。

「你忘了嗎？明天要開會討論大山祇神祭典的事。」

「呃，」我戰戰兢兢地插嘴問：「大山祇神到底是什麼？」

所有人的視線都集中在我身上。

「對了，他要怎麼處理呢哪？」

與喜問，巖叔和三郎老爹面面相覷。怎麼處理？什麼意思嘛！看到我一臉不悅，清一哥用嚴肅的口吻告訴我：

「大山祇神是神去的神明，住在神去山。」

那天，大家都聚在清一哥家開會，從一大清早就忙得不可開交。

左鄰右舍的女人都集在廚房幫忙下廚，至於男人在幹什麼……。清一哥忙著接待著陸續前來的村民，巖叔和三郎老爹負責排坐墊，為大家端飯菜，至於與喜……，居然在庭院裡抽菸。他真是個大懶蟲，除了上山以外，其他時候完全派不上用場。

我在廚房和客廳之間跑來跑去，幫忙為客人端菜端酒。我以為直紀也會來，但沒看到她的身影。仔細一想，才發現當天不是假日。直紀在學校當老師，當然不可能出現。

神去村的下、中以及神去地區的男人幾乎全員到齊，參加清一哥召集的會議。大家都開著小貨車前來，也有人坐在小貨車的車斗上。這個村莊的道路交通法不知道是怎麼制訂的。

那些小貨車擠滿了清一家的庭院，連橋下也都大排長龍。

拆掉紙拉門後，大約有二十坪左右的大客廳坐滿大叔、大爺的景象超壯觀的。客廳裡沒有女人的影子，開會討論祭典相關事宜時，那些妻管嚴男人終於有機會當家作主了。

「今年祭祀大山祇神的日子就快到了。」

在大家吃完飯，酒也喝得差不多時，清一哥開了口，「而且，今年是四十八年一度的大祭典，希望大家齊心協力，辦一場熱熱鬧鬧的祭典。」

幾個大爺搖搖晃晃地站了起來，談論著上一次祭典的情形，還攤開看起來很老舊的捲軸，不知道討論著什麼。

安排好當天的程序後，又按不同的地區確定了詳細的分工。因為我搞不清楚狀況，所以坐在客廳的角落打瞌睡，與喜躺在我旁邊鼾聲如雷。

開了三個小時的會後，終於大致有了眉目。

「最後，大家對與喜擔任目途這件事沒有異議吧？」

清一哥環視客廳裡的所有人，前一刻還在熟睡的與喜猛然跳起來說：

「沒有呢哪！」

在場的人不知道是被與喜的氣勢嚇到，還是認同與喜的實力，沒有人表示反對。雖然我還是不知道目途是什麼，但看到與喜心滿意足的樣子，就覺得無所謂了。

「東家，」坐在客廳中央的山根大叔似乎終於下定決心，面對坐在上座的清一哥說：「你家的見習生要怎麼辦？」

「平野勇氣嗎？他當然要參加祭典。」

客廳內騷動起來。

「我……我無法贊成呢哪。」山根大叔結結巴巴，一臉無法苟同的表情，「如果讓外人參加大山祇神的祭典，而且是大祭典，會觸怒神明，後果不堪設想。」

參不參加祭典倒是無所謂，但山根大叔不敢正眼看我的態度讓我莫名火大。他平時就是這副嘴臉，我向來抱著敦親睦鄰的態度，但即使在路上遇到時向他打招呼，他也總是不理不睬，簡直把我當成幽靈或是空氣人。而且，他到處說清一哥和我們組的壞話，說什麼「居然僱用外行人」。

別以為這些話不會傳入我的耳朵，媽的。

聚集在客廳的人紛紛看著山根大叔，又看看清一哥，有時候也偷偷瞥向我，但又立刻移開視線。怎樣啦？有什麼話就直說吧。

與喜叼著菸，抱著雙臂，從鼻孔吐著煙。

「你們不要竊竊私語，反對的人舉手。」

沒有人舉手。與喜雖然嘴上叫大家舉手，但用惡狠狠的眼神瞪著客廳的所有人，所以沒有人敢舉手。不過，從現場的氣氛就不難察覺有人並不希望我參加。

「好吧，」清一哥嘆了一口氣，「勇氣要不要參加這件事姑且保留，請大家根據今天安排的分工開始做準備工作。」

那天晚上，我又氣又惱，翻來覆去睡不著。山根大叔已經一把年紀了，居然一臉認真地說什麼「會觸怒神明，後果不堪設想」，真的讓人火冒三丈，但那些不表示任何意見、拒絕我參加祭典的村民也讓人生氣。

唉，真是氣死了。我離開被窩，輕輕拉開紙門。我想找人聊天，但繁奶奶已經熟睡，她枕邊的玻璃金魚缸裡的金魚也一動也不動。

我從繁奶奶房間的落地窗走到庭院。庭院裡冷颼颼的，四周一片寂靜。在狗屋裡睡覺的阿鋸抬起頭，一看到是我，立刻再度把臉埋進前腿，閉上了眼睛。

不知道在橫濱的父母和朋友現在在幹什麼？無論待多久，這裡的人似乎都無法接受我，乾脆趁早回老家好了。我坐在外簷廊上，仰望著黑暗的天空。來神去村之前，我從來不知道被當成外人這麼痛苦。

天上灑滿銀色的星星，飄著灰色的薄雲，今晚也看不到神去山的稜線。已經結了沉甸甸稻穗的稻子在農田裡發出沙沙的聲響。昆蟲在夜晚大合唱，淹沒了河流的聲音。

我重重地嘆了一口氣，隔壁房間的門打開了，與喜來到外簷廊。

「你在幹嘛？」

我沒有回答。與喜在我的身旁坐了下來，點了一支菸。他穿著浴衣代替睡衣，盤腿坐在一旁，露出體毛濃密的腿。

「讓你看個東西？」

與喜指了指自己的臥室。我搞不清楚狀況，但在他的催促下，把臉貼在玻璃上。

臥室內鋪了兩床被子，美樹姊躺在其中一床被子上，但她的腳放在枕頭上，趴著睡成了大字，被子在她的腰部附近橫向一旁。

「她這樣不會呼吸困難嗎？」

「她的睡相很糟吧？」與喜笑了笑，「她每天都這樣。」

我再度看向庭院。我和與喜沉默片刻，聽著神去村夜晚的動靜。

山上樹葉的摩擦聲，野獸炯炯發亮的眼睛，伴著陷入夢鄉的人類的呼吸聲。

「剛轉學時，通常都很難融入環境吧？」

與喜在外簷廊捺熄了菸。

「我不知道……我從來沒有轉學過。」

「我也沒有轉學過。這個村莊哪裡有學校可以轉？我是說通常的狀況。」

「喔。」

「神去村就像是一個幾百年沒有轉校生的學校，所以有些人意見特別多。」

「嗯。」

「但是你不用擔心，清一是班長，我是全班最調皮搗蛋的。如果有人敢繼續囉嗦，我就收拾他。」

我以為他在開玩笑，轉頭一看，發現他的表情很認真，似乎不是在安慰我而已。我的心情稍微舒懷了一點。

「其實，山根大叔也不是壞人。」

「是嗎？」

「對啊，差不多兩年前，山根大叔也輔導了一個見習生。那個人辭了工作，說想投入林業，結果不到半年就逃走了。山根大叔很認真地輔導那個見習生，所以很受傷。」

雖然我不是不能理解他的心情，但他不應該把我和那個見習生混為一談，他為什麼無法理解我毫不逃避地投入林務的決心？

轟、轟，地面遠遠地傳來好像海浪聲般的低鳴。

「什麼聲音？」

「山鳴。神去山發出的山鳴。」

總覺得會發生什麼事。與喜在外簷廊上站了起來，露出難得嚴肅的表情低喃道。

並非只有我和與喜聽到山鳴，清一哥和巖叔也聽到聲音後驚醒了。三郎老爹熟睡了，繁奶奶和美樹姊就更不用說了。

隔天，全村都在討論山鳴的事，村民一見面都在談論昨天深夜的奇怪鳴動。有人說是凶兆，有人說是吉兆，也有人說是自然現象，不必在意。

然後，村民沒有討論出任何結果，很快就淡忘了這件事。

發生山鳴後過了一個星期。

那天，我們在東山上打枝，與喜突然問：

「你們有沒有聞到味道？」

所有人都停下手邊工作，用力吸著鼻子聞了起來。的確有一股焦味。

與喜解開腰上的繩子，三兩下就爬上了杉樹。他的身影才消失在樹葉中，立刻聽到他叫了起來：

「起火了！神去小學的後山燒起來了！」

「與喜，趕快用手機通知消防隊和村公所。」清一哥神情緊張地發出指示，「我們也去滅火。」

大家一起衝下山，小貨車一路飆向神去小學。村民們早就聚集在校園，不安地看著校舍後方的山。

半山腰附近冒著白色的煙，升上天空。山上傳來杉樹爆裂的聲音，杉樹的樹頂竄出大火。

圍觀的人頓時驚叫起來。

「情況很不妙，」清一哥說，「風從山上吹下來。」

「再不趕快行動，整個學校都要被燒光了！」

與喜大叫著，跑去校園角落的飲水處，用水從頭淋濕了身體。

不會吧？我正在心裡嘀咕，與喜果然大叫著：

「我們去阻止火勢延燒！」

他打算衝進火海救火。我才不要！雖然我心裡這麼想，但對山林人來說，救火也是職責。許多停下手上的工作，從四面八方的山上趕來的大叔都響應了與喜的號召：

「對！」

真的假的？

義消隊拉著水管跑了過來。他們用抽水幫浦抽了河水，把水噴在校舍的屋頂上。當村裡唯一的一輛消防車趕到後，義消隊把學校交給消防隊員，又扛著水管進山了。他們打算在消防車無法開進去之處，近距離向燃燒的森林放水。

事到如今，我當然不能退縮。

我下定決心，把水從頭上倒了下來，沖濕了衣服。

「我們這組負責砍倒下風處的樹木。」

清一哥和其他組討論後，回到我們身邊說道。為了防止延燒，各組分頭砍下起火點周圍的樹木。

小學生都在操場上集合後放學，老師們鎮定地向學生交代注意事項。直紀也在其中。

「不可以跑出去玩呢哪，山上的火勢很快就會撲滅，小朋友不用擔心，都要馬上回家喔。」

我的眼角掃到她的身影，然後就衝向學校的後山。

我衝上斜坡。煙霧還沒有瀰漫開來，但焦味十分嗆鼻。鳥在天上尖叫，四處逃命的野兔和松鼠跑過我們身邊。阿鋸叫個不停。

非比尋常的事態讓森林的空氣也充滿動蕩。

「差不多從這一帶開始砍。」

三郎老爹說。

「好。」

清一哥點點頭，下達了指示。「順風伐倒，橫向排成一排，在砍之前招呼一聲。」

伐倒作業伴隨著危險，通常不會排成一排作業，因為倒下的樹木可能會壓到人，但眼前以速度為優先。到處響起鏈鋸的聲音，兩人一組，其中一人負責砍樹，另一人觀察樹木倒下的方向，確認安全。

「砍！」

「好哩！」

分別代表「要砍囉」、「沒問題」的聲音在斜坡上此起彼落。

杉樹發出吱吱咯咯的聲音，隨後咚地倒在地上。此時因為山林大火而不得不砍掉栽種多年的樹木，很心痛，但如果不及時砍倒，火勢會順著樹枝迅速蔓延。

我們一邊伐倒樹木，一邊爬上斜坡，白煙漸漸飄了過來，焦味已經達到了顛峰，我用力咳嗽著，和我一組的巖叔停下手上的鏈鋸說：

「恐怕已經到極限了。」

抱著水管的義消隊員從煙幕中衝了出來。由村民自主成立的義消隊平時就經常進行消防演習，以防發生山林大火。

「東家！」義消隊的其中一人跑向清一哥，「恐怕無能為力了。」

「直升機呢？」

「聽說二十分鐘後會到達上空。」

「好，那就努力撐到直升機到達。」

隨著清一哥一聲令下，我們跳過伐倒的樹木，暫時撤退至下風處，用水沖濕伐倒的樹木作為防火屏障。

火勢漸漸逼近，燃燒的樹木發出劈劈叭叭的聲響。直立在斜坡上的翠綠杉樹飄下無數火星。

村民以接力的方式用水桶從山下送水上來，抽水幫浦用最大馬力抽水，好幾條水管同時噴水灌救，火舌仍然張牙舞爪。由於伐倒了一部分樹木形成了一小片空地，火勢無法繼續擴散，但也沒有變小。

「還是無法解決問題。」

與喜咂著嘴。巖叔的臉已經燻黑了，正把水桶裡的水倒在周圍的草叢上。清一哥安撫著其他組的成員，指示需要沖水的地方。三郎老爹不願放棄，一個人在不遠處默默地伐倒樹木。

我和與喜一起用水管噴著水。

「勇氣，我要去更近的地方噴水。」

「啊？但太危險了。」

「在這種地方灑水，根本就是火上加油。」

「……正確說法應該是杯水車薪，根本沒什麼幫助。」

「這不重要啦。」與喜叫了起來，「反正我要衝進去。」

他拿著水管，跨過伐倒的樹木，走向逼近的火舌。

「等一下，我和你一起去！」

雖然我很不願意，但我不能讓與喜一個人去冒險。

我們走過用水沖濕的屏障，熱風撲來，頓時帶走了衣服和頭髮上的水分。

好熱。

紅色的火舌舔著樹木，火星像下雨般飄向落葉。樹葉著火的杉樹，樹幹也被燻黑後，緩緩地倒下。

「與喜！勇氣！趕快回來！」

清一哥大聲喊叫著，但我們沒有回頭。我們一起抱著水勢強大的水管，白色的粗大水管好像血管般帶著脈動，河魚閃著銀光，和水一起噴了出去。

啊，不知道會不會變成烤魚。我冷靜地這麼想道。

我們用水灌滅了一個又一個東跑西竄的火舌，雖然我和與喜沒有說話，但即使不用交談，也知道水管下一個瞄準的目標。當然，也是因為熱氣近在眼前，根本無法張嘴說話。我的嘴唇陣陣刺痛，眼睛也忍不住瞇了起來，煙燻得我眼淚直流。

當我回過神時，發現我們手拿著已經沒有水的水管站在斜坡上。

紅色直升機盤旋在秋天的天空，灑下滅火劑。

明明在山上，為什麼可以看到這麼開闊的天空？這時，我的大腦才終於感受到眼前的景象。

眼前是一片燒焦的森林，斜坡上零零星星杉樹燒成了一根根黑色柱子。

小學後山的西半側斜坡有一半都被燒光了，五百棵杉木付之一炬，起火三個半小時後才終於撲滅火勢。

消防署在事後調查後發現，菸蒂是引發這起大火的原因。那天上午，鎮上的居民去森林採菇，不熟悉山上情況的人不了解山林大火的可怕，往往會漫不經心地亂丟菸蒂。

他們不知道山上的這片森林是花了多少工夫和時間培育出來的。

但是，沒有村民責備埋怨，也沒有人去追查肇事者。火災已經發生了，況且，這裡是「哪啊哪啊」的神去村。

所有人望著光禿的後山，說不出話。

當我們踏上歸途時，宛如經歷了一場大爆炸，整個臉、渾身的衣服都黑了。

與喜把小貨車開進庭院後，美樹姊衝到門口。走下小貨車的與喜看著美樹姊的臉，嘀咕了一句：

「媽的。」

然後，就低下頭，緊咬著嘴唇。美樹姊走了過去，輕輕抱住了與喜。

我站在旁邊，鼻子有點酸酸的。繁奶奶撐著拐杖，搖搖晃晃地走了過來。

「你辛苦了。」

她拍了拍我的腰。她應該想拍我的背，但只是手不夠長。

強忍的淚水忍不住掉了一滴下來。

火太可怕了，眼睜睜地看著大火吞噬森林卻無能為力讓人痛心。我很想大聲哭訴，但為了面子，當然不可能這麼做。

原來只要繁奶奶願意，她可以走路。

我仰望著滿天開始眨眼的星星，故意讓自己不去想大火的事。

阿鋸這幾天都無精打采的。

山林大火順利撲滅後，阿鋸渾身髒黑地從山上走了下來，無力地垂著尾巴，坐在與喜的小貨車車斗上，和我們一起回到家裡。

之後，牠就躲在庭院的狗屋「足不出戶」。

那場大火對阿鋸來說，一定是極其可怕的經驗，就連我和與喜也沮喪了好幾天，近距離目擊火災現場和杉林付之一炬讓我們深受打擊。阿鋸當然更搞不懂為什麼會發生「火災」，內心的恐懼一定倍增，也許會覺得「在山上的時候，被高溫的怪物追著跑」。

牠幾乎不吃狗食，美樹姊很擔心阿鋸的狀況，大手筆地去鎮上的超市買了阿鋸最喜歡的高級狗食，阿鋸也只是憂鬱地哼了一聲，把頭偏向一旁。與喜整天都向狗屋內的阿鋸打招呼，但牠只是搖一搖露在外面的狗尾巴，令人難以想像牠之前在斜坡上活蹦亂跳的歡樂身影。

「阿鋸以前幾乎都不會這樣。」

與喜說。

「幾乎是什麼意思？」

「差不多兩年前，我在東山掉下懸崖。」

東山雖然有植林，但數十年都沒有養護，那次是與喜第一次去東山。山林地主委託中村林業進行管理，所以與喜一個人先上山勘察。阿鋸也跟著他一起上山。

「山上長了很多青苔，杉樹的樹葉太密了，森林裡光線很暗，聽說還有熊出沒。為了安全起見，我讓阿鋸走在前面。」

走了不久之後，阿鋸忽然轉身往回走。與喜以為前方有熊，緊張地四處張望，卻沒有察覺到野獸的動靜。原來阿鋸只是在一棵杉樹根撒尿。與喜的心情放鬆下來，沒想到走沒幾步就掉下了懸崖。那裡有差不多三公尺的落差，但被青苔蓋住了，所以與喜沒看到。

「我以為屁股的骨頭都摔裂了呢哪，」與喜回憶起當時的情景說，「痛得要命，雖然才三公尺而已，但我足足爬了將近一個小時。」

當他從懸崖邊探出頭時，阿鋸滿臉歉意地對他搖尾巴。之後，整整三個月阿鋸都食不下嚥。

「為什麼？掉下懸崖的不是你嗎？」

「我也搞不懂狗在自責什麼？」

雖然與喜說，「不必管牠，牠很快就會振作起來」，但我很擔心。

「是不是該帶去給獸醫看一下？」

清一哥來看阿鋸時，我問他。清一哥輕輕點頭「嗯」了一聲看著阿鋸。在大家的聲聲呼喚下，阿鋸終於走出狗屋，卻趴在地上一動也不動。

和清一哥一起來的山太撫摸著阿鋸的背問：

「阿鋸，你怎麼了？」

阿鋸把下巴壓在地上，垂著耳朵，抬眼看著山太，但隨即落寞地閉上了眼睛，好像在說：「喔，中村家的少爺來了。真不好意思，可是你別管我了。」

「難道是山林大火造成了牠的心靈創傷？」

「這也是原因之一……」清一哥想了一下說：「好，與喜，你來幫忙。」

清一哥找來正在外簷廊上剪指甲的與喜，說明了他的作戰方案。

「這樣就能讓阿鋸振作嗎？」

與喜半信半疑。

「值得一試啊。」清一哥自信滿滿地堅持。

為了準備過冬，與喜家堆了很多木柴。與喜家的廚房是泥土地，所以特別冷，冬天的時候都會用木柴燒火取暖。木柴和砍成五十公分長的原木，在屋簷下堆得差不多有一人高。

「那些樹枝木柴還無所謂，原木就免了吧。」

與喜面露難色，但清一哥不以為然地說：

「別擔心，那些原木已經充分乾燥了，很輕。」

「即使再輕，十幾、二十根原木壓下來試試，萬一受傷了怎麼辦呢哪！」

「與喜，哪啊哪啊嘛，」我一本正經地說：「難道你不愛阿鋸嗎？」

「我也很愛自己！」

清一哥不理會與喜的抗議，說了聲：「各就各位！」就躲到房子後面。我和山太也跟著清一哥躲好了。

只有與喜一個人留在庭院內。阿鋸明知道與喜在那裡，仍然沒有抬起頭。

「呃，咳咳。」

與喜故意咳了一下，「咦？木柴好像快倒了，那我來重新整理一下。」

躲在屋後偷看的我和山太看到與喜的演技這麼差，忍不住互看了一眼，竊笑起來。與喜走過阿鋸面前，把手伸向屋簷下的木柴。

「哇啊！」

木柴唏哩嘩啦地統統倒了下來。正確地說，是與喜推倒的。與喜和倒下的木柴一起趴在地上。阿鋸察覺出了狀況，警覺地站了起來。

「救命啊。」

與喜壓在幾根木柴上，無力地呻吟著，「我動不了了，阿鋸，快來救我！」

忠實的阿鋸跑了過去，用鼻尖推了推與喜的手臂，但與喜還是沒有站起來。

「完了，我快死了。」

與喜像瀕死的昆蟲般掙扎著，向阿鋸哀求道，「趕快去找人來。」

阿鋸不知所措地在倒地的與喜身旁轉來轉去，時而咬著與喜的工作服拚命往外拉，時而舔著與喜的臉。然後，突然好像狂風暴雨般地狂吠起來。

阿鋸平時很少吠叫，即使山太拉牠耳朵或是抓牠尾巴，牠也都不吭一聲。沒想到當看到主人與喜陷入困境時，牠就展現出忠狗的一面。

看到阿鋸一副「要趕快找人來」，用痛切的聲音聲聲吠叫的著急身影，我深受感動。不知道是否覺得阿鋸叫得太悽慘了，與喜不顧劇情的安排，慌忙阻止說：「喂，阿鋸，不用叫得這麼拚命啦。」

「差不多了吧。」

清一哥正準備走向與喜和阿鋸的方向時，玄關的門用力打開，美樹姊從屋裡衝了出來。

「阿鋸，怎麼……？」

美樹姊的話還沒說完，就看到與喜倒在地上，身上壓了很多木柴，大叫了一聲：「老公，你怎麼了！」

美樹姊抱起與喜，用力搖晃著他，「與喜，你千萬不能死啊！」

好像不太妙喔。我回頭看著清一哥。

「忘了告訴美樹姊我們是在演戲。」

「嗯，那就再觀察一下。」

毫不知情的美樹姊加入後，這齣戲頓時更真實了。與喜被用力搖晃著，他的牙齒幾乎快咬到舌頭了。阿鋸也用力吠叫著，似乎想和美樹姊一起激勵與喜。

「等、等一下，美樹，我沒事。妳這樣用力搖，我會被妳搖昏。」

與喜總算阻止了美樹姊的用力搖晃，把阿鋸緊緊抱在懷裡，「阿鋸，多虧了你，讓我撿回一條命！你是全天下最棒的忠犬！」

與喜的演技還是這麼粗糙、誇張，但阿鋸在與喜的撫摸和稱讚下，得意地用力搖著尾巴。阿鋸嗅聞著與喜的氣味，確認他沒事後，一臉「啊，完成了一項大工作，可把我累死了」的表情回到狗屋，大口吃著裝在碗裡的狗食。

「阿鋸有精神了！」

山太拍著手。

「牠為什麼突然好了？」

我偏著頭納悶，清一哥向我解釋說：

「阿鋸覺得之前山林大火時都沒有幫到忙，所以喪失了自信。」

「啊？狗怎麼可能滅火，根本不關牠的事啊。」

「但阿鋸認為牠是我們小組的成員之一，所以自尊心受到了傷害。」

原來是這麼一回事。阿鋸（以為）成功地救出了與喜，贏回了身為小組成員的面子，也因此找回了自信，終於食慾大振了。

我不由地感到佩服。原來，對狗來說，在山上和大家一起工作也是一種驕傲。

美樹姊在庭院對與喜破口大罵：

「你在幹什麼？搞得全家不得安寧的。」

「不用去解釋一下嗎？」

我問清一哥，清一哥說：

「不必管他們。阿鋸恢復了自信，與喜也感受到美樹對他的關心，真是一舉兩得啊。」

雖然與喜挨了美樹姊的罵，卻是一臉得意的樣子。山太追著阿鋸跑。

阿鋸，對不起，不應該騙你，不過，幸好你又活蹦亂跳了。

我和清一哥一起重新堆好凌亂的木柴。悠然聳立的神去山的山頂漸漸染上了紅色，好幾隻紅蜻蜓在垂著金色稻穗的農田上飛舞。

或許我已經愛上了這座大人們為了一隻狗演戲的神去村。

山林大火之後改變的並非只有阿鋸而已，村民看我的眼神也不一樣了。

雖然大部分村民之前就已經接納了我，但仍然有人把我當成外人，不給我好臉色看。不用說，當然就是山根大叔那一派人。

或許是因為我在山林大火中英勇救火奏效，山根大叔的態度逐漸軟化。在路上遇到時，總算願意向我打招呼了。所謂的「打招呼」，就是當我對他說「你好」時，他重重地點一下頭而已。以前他都對我視而不見，所以，當他第一次向我點頭時，我有一種「終於馴服了難纏的野生猴子」的感覺，暗爽了半天。

午休的時候，我們坐在陽光充足的斜坡上聊著這件事。

「猴子？你這小子真沒禮貌。」

巖叔笑著說。

「因為他真的很像，這也沒法子啊。」

與喜難得同意我的意見。在樹後撒尿的三郎老爹拉起褲子拉鏈走了回來。

「之前山林大火時，勇氣表現得很勇敢，那個小毛頭沒資格說三道四的呢哪。」

山根大叔在三郎老爹口中也變成了「小毛頭」。

「不管怎麼樣，勇氣應該可以參加祭典了。」

清一哥拿了一根香腸給阿鋸後說。

全村正靜悄悄地在為大山祇神的祭典做準備，雖然我仍然搞不清大山祇神是什麼，也不知道要舉行怎樣的祭典，但村裡每天都有地方在祭神。如果祭典當天是「總統大選」，之前的這些小型祭神活動就像是「選前造勢」。

這些祭神活動神不知，鬼不覺地開始，又悄悄地落幕。全村的各個小神社都漸漸清理乾淨了，有一天，神去河邊突然拉起了稻草繩，負責各項工作的村民都漸漸完成了自己的分內事。

「把神社打掃乾淨，代表清潔全村的意思，」巖叔告訴我，「在河畔拉起草繩是防止壞東西進入村裡。在準備就緒，一切都清理乾淨後，大山祇神祭典就可以開始了。」

我感到驚訝，覺得太大費周章了。祭典在十一月中旬舉行，但各種小型祭神活動要持續一個多月，身為東家的清一哥必須監督一切，整天忙得不亦樂乎。

最令我驚訝的是在剛割完稻子的農田裡突然建了一個望樓。十月中旬的星期六，剛好不用上山工作，我跑去望樓觀看。望樓的四周懸掛著一綑綑稻草，望樓上有一個大鼓，卻不見人影。

我感到納悶，中午過後，全村都響起了鼓聲。我急忙跑去門外一看，發現有十名左右的男男女女跟著節奏，圍著望樓打轉。他們手舞足蹈的樣子有點像中元節跳的盂蘭盆舞，卻沒有歌聲，所有人都面無表情、默然不語，緩緩地舉起雙手，然後又放下。而且，所有人都一身白衣。

好可怕。這是怎麼一回事？

「這是豐年舞。」跑來看熱鬧的三郎老爹說，「每次看到豐年舞，就覺得祭典的腳步近了。」

「為什麼沒有唱歌和拍手？」

「為什麼？」

「簡直就像是召喚幽浮的儀式，讓人看了心裡發毛。」

「這是奉獻給神明的舞蹈，當然要很嚴肅呢哪。」

嗯，我難以理解。我以前只看過村、里組織主辦的盆舞，通常都用擴音器大音量地播放音樂，而且都在中元節的時候跳。

神去村的「豐年舞」沒什麼觀眾，那些一身白衣的村民結束圍繞望樓打轉後，也沒有人為他們鼓掌。那天傍晚，連望樓也拆掉了，好像什麼事都沒有發生過。

這到底是怎麼回事？

村裡不斷舉行各種莫名其妙的祭神活動，最後，終於要迎接了祭典的來臨。

祭典當天的一大清早，不，正確地說，是深夜兩點，我就被叫醒了，然後接二連三地參加了祭典的各項儀式。中途的時候，我好幾次都差點說：「我想退出，我甘願繼續當一個外來客吧。」

說到祭典，通常不是都會覺得是一場吃吃喝喝、唱歌跳舞的盛會嗎？但大山祇神的祭典完全不是這麼一回事。神社的夏日廟會只是神去村的「表面文章」，大山祇神的祭典才是神去村的真面目，充分展現出村民的本性。

所謂村民的本性，就是「哪啊啊哪」精神和「破壞性」。我在那場祭典中吃盡了苦頭，那是我有生以來第一次發自內心地以為自己活不下去了。

但在說這些事之前，我先寫一下直紀的事。

如果要問她送我金魚的那天晚上之後，我們有什麼進展……，令人遺憾的是，完全沒有進展。

我並不是沒有努力，直紀經常來清一哥家玩，所以，我每次聽到機車引擎的聲音，即使沒事，也會去清一哥家。雖然與喜經常拿這件事調侃我，但誰理他啊。

直紀經常和山太一起著色畫畫或是折紙，有時候還會幫忙祐子姊，在廚房煮栗子。我把山太扛在肩上，不時去偷看直紀。直紀假裝沒有看到我，目光總是追隨著清一哥的身影。

清一哥總是彬彬有禮地和直紀保持距離，始終貫徹「妳是我太太的妹妹，所以也是我疼愛的妹妹」的態度。不知道他有沒有察覺直紀的態度？他這麼精明，想必早就發現了。

儘管發現了，卻假裝不知情。清一哥無意回應直紀的愛慕，我雖然鬆了一口氣，但也覺得難過。事實明明擺在眼前，卻被當作沒這回事發生。只要想像一下直紀內心的感受，就忍不住感到難過。因為這就像我對直紀的感情。

問題在於祐子姊，她察覺妹妹愛上了自己的丈夫嗎？

我仔細觀察了祐子姊的動向，還是無法得出結論。祐子姊很聰明，總是面帶笑容，從她的全身都可以感受到對清一哥的充分信任。她不會像美樹姊那樣情緒激動地嫉妒，也不會像直紀那樣暗暗單相思，所以反而讓人搞不清楚狀況。

「我跟你說，清一的老婆心裡當然很清楚。」與喜說，「她之所以這麼鎮定自若，是因為她有足夠的自信。像她這種好女人，有足夠魅力可以吸引男人的心。」

美樹姊用力擰了滿臉奸笑的與喜的大腿。

「對不起，我沒有足夠的魅力可以吸引男人的心呢哪。」

「好痛好痛，我沒這個意思。」

與喜家吃飯時候，幾乎整天都會上演夫妻戰爭，我已經習以為常了。

「話說回來，」我插嘴說：「不怕一萬，只怕萬一。祐子姊不會擔心有什麼閃失嗎？」

「不可能，不可能。」

與喜和美樹姊不約而同地搖著頭。

「清一在這方面太有原則了，就像神去村所有的山頭不可能被夷平一樣，他也不可能對他小姨子動心。」

「而且，直紀也是個好女孩，絕對不可能做讓山太和祐子難過的事。」

他們說的很有道理。這麼說，直紀連表白的機會也沒有，只能永遠守護清一哥一家人嗎？這也太痛苦了。

「有時候，人要懂得看開一點。」始終聽著我們聊天的繁奶奶喝了口茶說，「至於會不會在看開之後和勇氣結婚，又是另一回事了。」

「結、結婚？」

「嘿嘿嘿。」繁奶奶笑了起來，「你首先要在祭典上表現得像個男子漢呢哪。」

「好主意，」與喜拍著手，「託我的福，你在祭典上也有大顯身手的機會。」

「為什麼是託你的福？」

「我不是被選上目途嗎？和目途同一個組的人是祭典的核心人物，你千萬別錯過這個機會，要表現得像個男子漢，知道嗎？」

目途到底是什麼？況且，時下的女生會因為男生「在祭典時表現得很像男子漢」就動心嗎？我太存疑了。

直紀曾經在我面前小聲嘀咕說，「姊姊太奸詐了。」

那時候，她正忙著用小刀削栗子皮。廚房裡除了她以外，剛好只有我一個人，但直紀或許只是在自言自語。

「你知道清一哥為什麼很少說神去話嗎？聽說是不想讓從東京嫁過來的姊姊感到孤單，很蠢吧？」

我沒有答腔。直紀坐在泥土房間的長椅上，把裝了剝好栗子的盆子夾在腿上。昏暗的廚房內，只看到直紀手上的刀子靈巧地閃著光，她的腳下都是栗子皮。

「姊姊總是這樣，很懂得操控男人。」

我覺得這些話反而傷到了直紀自己，無法繼續保持沉默。

「但是，妳並不討厭妳姊姊吧？」

「對啊，我並不討厭她。」

直紀停下剝栗子皮的手笑了笑，「早知道我應該當男人，就可以像你一樣，和清一哥同組在山上工作。」

直紀起身離去洗著被栗子弄髒的手。

「啊——啊，我到底在說什麼啊，忘記我剛才說的話。」

我當然不可能忘記。我因此而愣在廚房，直到山太找我玩才回過神。

我當然不可能也不願意說「我會讓妳忘記這一切」這麼誇張的話，只希望大山祇神祭典可以成為一個契機，讓直紀從此不再悶悶不樂。我會朝這個目標努力。

因為祭典不就是興奮狂歡到臨界點，一種宛如獲得新生的盛事嗎？

我把這份決心埋藏在心裡，迎接了祭典到來的這一天……，但這份決心好幾次都差點崩潰。

深夜兩點時，法螺的號角聲響徹全村，與喜猛然推開了紙拉門，闖入我的臥室。

「起床了！祭典開始了！」

沒人告訴我祭典要在三更半夜開始！

與喜把睡迷糊的我從被子裡拉了出來，等在客廳的繁奶奶遞給我一個包裹。

「這是什麼？」

「行水結束後要換上這個。」

行水？我有一種不祥的預感。

「你們都要活著回來喔。」

美樹姊說著，在門口敲著打火石送我們出門。向來剛強的美樹姊眼中泛著淚光。

「美樹姊，活著回來是什麼意思？」

「別理她。美樹總是大驚小怪的。」

與喜硬是拉著還搞不清楚狀況的我走向神去河。與喜穿著代替睡衣的浴衣，我穿著四角褲和T恤，就這樣出門嗎？神去村的十一月中旬已經是冬季了，夜晚的時候，吐出來的氣都是白色的。

好冷。我渾身發抖地走過百貨店附近的那座橋，發現全村的男丁都聚集在那裡，其中有幾個人拿著的白色燈籠在黑夜中搖晃。

清一哥用嚴肅的聲音宣布：

「今年的目途是神去地區的飯田與喜，由中村清一組輔佐，中地區的雲取仁助組見證。

下地區的落合強組負責開道，各位可有異議？」

「沒有！」

所有男丁都異口同聲地回答。這是在幹嘛？在演時代劇嗎？當我驚訝地張大了嘴時，儀式（？）繼續進行著。

大家開始拍手唱歌。

「蛇哪啊，扭啊扭啊。兔子哪啊，蹦啊蹦啊。神去的神明哪，來啊來啊。哪啊哪啊，嘿哪，哪啊哪啊，嘿哪。」

男丁們唱著歌，接二連三地走進了神去河。與喜當然一馬當先地下了水。真的假的？！現在是十一月，水多冰啊。

我愣在原地，三郎老爹和巖叔抓著我的雙臂，我穿著鞋子，被拉進了水裡。

「啊！好冷！」

「要忍耐呢哪。」

「如果不洗乾淨，就不能上神去山。」

不上神去山也沒有關係。我眼淚頓時飆了出來，正打算逃走，卻被拉到更深的水裡，腰部以下全都浸在冰冷的水中。

我的心臟都快停了。流動的河水根本不是一個「冷」字可以形容的，冰冷刺痛了皮膚，接著是麻痺，然後就失去了感覺。

全身都忍不住發抖，轉眼之間，肌肉開始痠痛。電視購物不是經常在賣那種「減肥腰帶」嗎？就是那種「一分鐘可以震動三千次」的腰帶。只要泡在冷水裡，效果絕對超過那種腰帶，只可惜無法擔保性命安全。

我在河中央「啊哇啊哇啊哇」地叫著，因為我根本沒辦法說話。其他人叫著「哪啊哪啊，嘿哪」，有人整個人都鑽進水裡，也有人用帶來的小水桶豪爽地把水從頭上淋了下來。

「嘿哪！嘿哪！」

叫得最大聲，不停地沖水的當然是與喜，他簡直瘋了。

「勇氣，加油啊，」巖叔叫道，「再忍耐一下子。」

「有沒有覺得水溫稍微上升了？」三郎老爹說，「我剛撒了一泡尿。」

呃，好髒！三郎老爹，你太沒品了！我很想抗議回去，但嘴裡只能發出「啊哇啊哇啊哇」的聲音。

雖然我覺得行水好像過了好久，但實際應該不到五分鐘。

「哪啊哪啊，嘿哪。快去拜見大山祇神。」

唱完歌後，所有人都爭先恐後地上了岸，脫下衣服，用潔白的毛巾擦拭身體。與喜用毛巾拚命摩擦身體，身體簡直都快被他擦出火了。

燈籠的火光下，皮膚上冒著的熱氣宛如陽光下蒸騰的煙靄。

繁奶奶給我的包裹裡放了一套修行僧的白衣。之前去山上找遭到神隱的山太時，就是穿這套衣服。我吸著鼻水，穿上了衣服，手一直發抖，無法順利綁好綁腿的帶子。

「等一下要幹什麼？」

我小聲地問，巖叔對我「噓」了一聲。

「到神去山之前不能說話。」

下地區的落合組拿著錫杖走在最前面，我們和中地區的雲取組跟在後面，後方還有負責各項工作的各組成員，總共大約有四十個人。神去村身強力壯的男丁都來參加了。

夜色中，隊伍向神去山出發了。雖然開車子一下子就到了，但從山下走到神去山大約要一個小時左右。

銀色的星星在天上閃爍，冷風帶著落葉的味道從山上吹了下來。零零星星的每戶人家都鴉雀無聲，不知道哪裡湧出了泉水，還有魚兒蹦出水面的聲音。

走過墓地後，就完全看不到房子了。我們走在沒有鋪柏油的碎石路面，腳上只穿著平時穿的忍者膠底鞋，踩在地上的每一步都很自在。行水的衝擊已經漸漸平靜，身體也不再顫抖。兩旁的杉樹樹梢黑壓壓地遮蔽了天空。

沒有人說話，無言的隊伍走在夜色中。

穿越樹影婆娑的林道，終於來到了神去山的登山口。小祠堂亮著燭光，兩棵杉樹綁上了新的稻草繩。鬱鬱蒼蒼的神去山斜坡上，只有一條很窄的獸徑。時間應該剛過三點半。

隊伍在祠堂前的小廣場停了下來，身後是水量豐沛、水流湍急的神去河。

應該不至於三更半夜上山吧？

「辛苦啦。」

黑暗中，有一個人對大家說。抬頭一看，發現一名很眼熟的中年男子站在廣場。他就是我初來神去村時，負責指導我林業進修的那位大叔。他的身旁堆滿了上山工作時使用的工具。他一個人搬上來的嗎？難怪他可以把山豬都甩拋出去。

與喜走上前，從大叔手上接過斧頭。在與喜的示意下，我也走了上去，我平時用的鏈鋸也在那堆工具裡。什、什麼時候拿上來的？

我們這一組的人分別拿著平時在山上工作時用的工具，不祥的預感越來越強。

清一哥代表聚集在廣場上的所有人，向祠堂和神去山拍了拍手。

「我等恭敬地向神去的神明大山祇神報告，瓦伊拉那卡臺多，雅斯其希奧，梅格米他瑪旺那，阿里格他庫，其尼可梅呼里呼里，雅瑪尼米波羅波羅。」

啊？完全聽不懂他在說什麼？嗯，因為我也聽不懂，清一哥唸著這種無法寫成文字的奇怪咒語，唸了有一分鐘左右。

「希多多凱摩諾多，雅瑪諾其奧，多可西艾尼瑪摩里，大山祇神，西茲瑪里他瑪艾那哪啊哪啊。」

其他人也都異口同聲地大叫：

「嘿哪！」

我嚇了一大跳。清一哥再度拍著手，其他人同時低下頭。三郎老爹用力推我的後腦勺，我也跟著神去山鞠躬。

應該可以回去了吧？我抱著一線希望，但顯然太天真了。

「大家加油，一起上吧！」與喜舉起斧頭揮舞著，「動作快呢哪！如果天亮了，就太對不起神去的神明了！」

他的話音剛落，已經衝向神去山的獸徑。

「衝啊！」

三郎老爹發號司令，自己也撥開斜坡上的草往上衝。

這裡是戰場嗎！我才不想衝哩！

雖然我這麼想，但看到前一刻還閉口不語的眾人紛紛吼叫著衝上斜坡，只有我一個人還在廣場上拖拖拉拉，突然，一個白色的東西掠過我的視線。是阿鋸，一路跟過來的阿鋸緊跟著與喜，也消失在獸徑上。

媽的！我不能連隻狗都不如！

我下定決心，單手拿著鏈鋸走上斜坡。

但是，我仍然搞不懂為什麼要上神去山，也不知道山上到底有什麼。

森林又黑又深。

只有開道組和見證組的人手上拿的十個燈籠照亮黎明前的神去山，從遮蔽天空的樹葉縫隙中，不時看到冬天的星星，但根本無法照亮黑夜。

只能靠著一起爬上斜坡的其他人的呼吸聲和隱約的體溫知道前進的方向。與喜走在前面，當他邁開步伐時，不時看到他忍者膠底鞋的橡膠底。我看著他的鞋底，拚了老命走在稱不上是路的獸徑上。隊伍幾乎一直線地爬上斜坡，向山頂挺進。

斜坡很陡，急促的呼吸變成了白色的霧飄散在冰冷的空氣中，就連與喜也不再喊叫。他用手上的斧頭不停地砍掉擋住去路的藤蔓和雜草，阿鋸在他的腳下搖著尾巴，彷彿在向我招手。

雖然天還沒亮，但鳥兒似乎被我們驚醒了，牠們在巨大的橡樹的樹枝上對著突然出現的我們發出尖銳的警告聲，不知道是野兔還是鼬鼠在草叢中逃竄。夜晚的山上充斥著各種聲音，樹木、鳥兒和動物都靜靜觀察著我們這些入侵者的動向。

但是，好安靜。搖動樹葉的風聲、鳥聲和我的呼吸聲似乎都被形成這片森林的數百年歲月吸收了。

在斜坡上走了一個小時左右，身體滲著汗，卻開始微微顫抖。肉體和靈魂似乎漸漸碎裂，化為森林的養分。山裡的空氣震撼了我，讓我不知道自己是誰，身在何處，到底要去哪裡。

「勇氣。」就在這時，清一哥在背後叫了我一聲，「你看，很美吧？」

我順著清一哥鏈鋸所指的方向望去，發現有一棵一個大人才能勉強環抱的巨大杉樹砍伐後留下的殘株。長滿青苔的腐爛殘株周圍沒什麼林木，旁邊有一株大約兩公尺高的樹木伸展著枝葉。纖細的樹枝上，樹葉已經掉落，但結出無數紅色的小果實，宛如柔和的火焰，又像是遠眺的街燈。

「這種樹名叫衛矛。」清一哥說：「山上並非只讓人心生畏懼而不敢靠近，即使沒有人看到，這棵樹上每年都會結出這麼漂亮的果實。」

清一哥知道我第一次正式進入神去山，所以特別呵護我。多虧了他的照顧，我的心情終於平靜下來，我回頭看著清一哥，微微點頭說：「我沒問題了。」

天色漸漸亮了起來，彷彿染上了衛矛的紅色火焰。原本是淡藍色的空氣漸漸變成了朝霞的橘色，透明而清淨的早晨終於來臨了。

我在爬坡的途中停下腳步。

神去山的森林。原來這個黑暗中分不清東南西北地趕路的地方，其實是一座驚人的森林。

之前來尋找遭神隱的山太時，曾經稍微見識過這片森林，但是，在深山的森林更加壯觀。放眼望去，到處都是巨樹。有三十公尺高的朴樹，白色的樹葉背面宛如白雪般遮住天空的橡樹，還有樹皮裂開的連香樹古樹，以及在之前養護的山上從來沒有見過的巨大杉樹和檜樹。無論是落葉樹還是常綠樹，針葉樹還是闊葉樹都在這裡茁壯生長，根本不在意人類對樹木的分類。

這裡不同於植林的山，各式各樣的樹木亂中有序擠在一起，形成一個綠色空間。

我終於發現，之前在清一哥家庭院裡看到的那根巨大的柿木材，一定來自神去山。

林業被稱為夕陽產業已經多年，但神去村卻靠林業獲得了成功，關鍵在於這裡的人懂得運用有計畫、有效率的植林策略，也懂得妥善配置新舊人材，更重要的是，神去村有座神去山。

神去山是村民的信仰，是心靈的寄託，象徵了村民靠山林為生的這份驕傲，更是生產「搖錢樹」的寶山。

我呆滯地仰頭望著高高在上的樹葉，用忍者膠底鞋的鞋尖踢了踢完全分不清是從哪棵樹長出來的粗壯樹根，難以相信這個本州小村莊的深山竟然有如此隱秘的森林。

不知道電視臺知不知道？如果電視上播放了神去山的景象，觀光客一定會因此蜂擁而入，我這個爆料者也許能夠拿到一筆酬金。

我腦海中浮現出這個邪惡念頭，但馬上又拋在一旁。如果外人知道這個秘密森林，「哪啊哪啊」的神去村村民應該不會放過我，可能一輩子不讓我離開，全村的人都會拿著開山刀追殺我。哇，我才不想落得如此下場。

為什麼村民平時也不能進神去山？為什麼有人不願意讓我參加祭典？

一切都是為了保護神去山的森林。

眼前的壯觀讓我深刻了解到多年來，神去村的村民從來不亂砍亂伐巨樹，細心地呵護這片森林，代代相傳。

能進來神去山，代表著村民終於接納了我，終於信任我了。當體會到這一點後，我既高興，又為自己驕傲。

負責帶路的落合組在前方宣布：「已經來到稜線了！」

「太棒了！」與喜猛然衝上斜坡。巖叔和三郎老爹也加快腳步超越了我。

「走吧，馬上就到了。」

清一哥說道，我再度邁開步伐。

以山麓的祠堂為起點的獸徑幾乎呈一直線，來到這裡時，小路突然在斜坡上彎成倒C字形。我立刻發現了繞道的原因，因為前方被一塊巨大的岩石擋住了。

最後的斜坡坡度更陡，我獨自落在最後。

「喂，別再慢吞吞了呢哪！」

遠處傳來與喜的叫聲。我好不容易經過大岩石旁，來到稜線的位置。

大家都去了哪裡？我尋找著白衣的身影，但森林太深了，看不清前方。

我才不想在這裡遇難。我不禁著急起來，豎耳細聽，定睛細看。

前方有一棵看起來像是杉樹的大樹聳向天空，樹梢周圍飄著紅色和白色的布。難道是為了迎接祭典，特地在樹上綁了旗幟嗎？我張大眼睛仔細看，發現好像是兩個女人分別穿著紅色和白色的和服。

「咦？」

我揉了揉眼睛，用力眨了一下，再度戰戰兢兢地望向樹梢的方向。

沒有人。只有綠色的杉樹聳立在晴朗的淡藍色初冬天空下。對嘛，怎麼可能有人在三十公尺高的樹梢周圍飛來飛去？

但我總覺得大家應該都聚集在那棵杉樹下。我毫不猶豫地沿著稜線，朝向那棵杉樹走去。

聽說在神去山上不能吃東西。

為什麼？我想吃早餐啦。我飢腸轆轆，只能用手掬起泉水喝了起來。阿鋸在一旁凝視著泛著銀光的水面。

所有穿著修行僧衣服的男丁都聚集在那棵杉樹下討論著什麼。

「喂，喂，仁助叔，講笑（開玩笑）也要差不多一點呢哪。」

「我一丁點都沒講笑（我可沒開玩笑），與喜，我在想著你能成（我覺得你一定做得到）呢哪。」

由於有不少老人家，再加上他們說得很快，我更加聽不懂神去話了，甚至不知道他們在討論什麼，只知道與喜和擔任見證人的雲取仁助先生為杉樹的問題展開了激辯。三郎老爹開心地在一旁搧風點火：「把意見統統說出來！」山根大叔卻插嘴說：「大家都要哪啊哪啊呢哪。」清一哥不發一語地聽著雙方的意見。

我靠喝水撐飽了肚子後，坐在露出地面的杉樹根上。光是露出地面的樹根就差不多有我的膝蓋這麼高。

我從來沒有看過這麼大的杉樹。根部附近的直徑將近三公尺，像一道牆般聳立的樹幹上長著柔軟的青苔。一隻小蜥蜴迅速爬過青苔，小鳥不停地在高高的樹枝上叫著。

這棵樹上棲居了多少種生物？我把太陽穴貼在樹幹上，發現樹皮有一種潮濕陰涼的感覺。

「這棵樹的樹齡超過一千年。」巖叔離開討論的人群，在我的身旁坐了下來。「裡面應該沒有空洞，是一棵好樹。」

「巖叔，你看一眼就知道有沒有空洞嗎？」

「基本上吧，只要看樹枝的生長狀況和樹葉就可以知道。」

是喔。我欽佩地點著頭，閉上眼睛靠在枝幹上。

風吹過山上，森林的某個地方傳來樹葉堆積的聲音。

「我剛才看到了奇怪的東西，」我說：「我看到有兩個女人在這棵杉樹頂上飛來飛去。我原本迷路了，多虧看到了她們。」

我以為巖叔會笑我在說夢話，沒想到他淡然地說：「是喔，她們是不是穿著紅色和白色的和服？」

「對，又輕薄、又漂亮的布。」

「那是大山祇神的兩個女兒。」巖叔拍了拍我的肩膀，「勇氣，太好了，山神喜歡你。」

啊？我半信半疑，但巖叔的表情很嚴肅。不知道是否因為感受著森林裡莊嚴的空氣，我最後也相信「搞不好真的有這種事」。

「好，既然你都說到這個份上，」與喜突然高高地舉起斧頭，「男子漢飯田與喜就拚了！」

「喔！」

眾人紛紛鼓掌。

「那是怎麼一回事？」我冷眼地看著那群人。巖叔「嘿咻」一聲站了起來。

「砍伐杉樹的方針已經決定了。」

「砍伐？要砍這棵杉樹嗎？」

原來神去村的村民要砍這棵杉樹。聽說祭祀神去神明時，每逢四十八年一度的大祭典，就會砍下一棵神去山的巨樹。

「平時的祭典會砍比較年輕的樹。」清一哥向我說明，「最多是樹齡一、兩百年的樹，去年砍的是柿樹。」

即使是年輕的樹，也是以一百年為單位。我擔心有一天會把森林裡的樹都砍光，但似乎是杞人憂天。

「砍伐後，會在原本的地方栽種相同種類的樹苗，即使丟著不管，在山上也可以順利生長。」

清一哥充滿憐惜地仰頭看著巨大的杉樹。「神去山的森林和砍伐儀式從不知道多麼久遠的年代開始，一直持續到今天。」

「現在不是禁止砍伐樹齡超過一千年的樹嗎？」

「政府特別允許我們每隔四十八年砍伐一棵，因為這是神去村很重要的祭神活動。」

「砍下來的樹木要怎麼處理？」

「你想知道嗎？」

清一哥吃吃地笑了起來，「你馬上就會知道了。」

啊，我有一種不祥的預感，忍不住向神去的神明祈禱，希望可以讓我平安、順利地下山。

砍伐杉樹以我們中村清一組為核心。與喜用力做著伸展操活絡筋骨，巖叔告訴我接下來的砍伐重點。

「你看這裡，」巖叔攤開神去山的地圖，指著山脊的某一點說：「這是我們目前的位置，千年杉不是幾乎垂直長在稜線下方的斜坡上嗎？」

「對。」

「伐倒時採稜線下方呈十五度，樹梢往西的方向。」

把樹木砍向幾乎和斜坡呈直角的方向相當困難，而且，千年杉的西側有好幾棵樹高十五公尺左右的雜樹，伐倒杉樹時，並沒有足夠的空間。

「那裡有遮蔽樹，為什麼非要往西側砍倒？」

「因為那裡建了修羅滑道。」

巖叔指著杉樹的東側說。修羅滑道斜向跨過山腰，是由見證的雲取仁助組花了半個月的時間搭建的。

簡單地說，修羅滑道就是用橡樹或杉樹的原木組成木筏般的凹溝形，讓砍下的原木可以順著斜坡滑下的滑梯。木筏般的滑道在山上延綿到平地上，可以用這種方法，將在山上伐倒的樹木順著滑道運下山。

該不會吧？我吞了一口口水。

「難道要把整棵千年杉順著修羅滑道滑下去？」

「沒錯。」巖叔若無其事地笑了起來，「把比較重的根部朝下，順著修羅滑道滑下去，所以，要讓樹梢朝向西方。」

「修羅滑道一直延續到山腳嗎？」

「沒有，剛才上來時不是繞過一塊大岩石嗎？修羅滑道只通到那裡的斜坡，之後就是筆直的獸徑哪。」

所以，從大岩石下方的半山腰到山腳，完全不靠修羅滑道，一路近乎筆直地滑落把巨木運下山。

不要！我絕對不想參與這麼可怕的作業呢哪！

我在內心忍不住用神去話慘叫著。

即使我有一千個不願意，祭典仍然繼續進行。

清一哥把帶來的酒倒在杉樹的樹根，所有人都對著大樹擊掌。如果只是祭拜，根本不需要把它砍下來嘛。

所有人都戴上安全帽，也戴上護目鏡以防塵沙和碎木塊。修行僧的白衣加安全帽的裝扮太古怪了，但每個人臉上的神情都很嚴肅。

與喜繞著杉樹一周，從各個角度檢視，就像打高爾夫球的人在觀察草皮的情況。

然後，他終於決定了位置。「就是這裡！」他用斧頭柄敲了兩次樹幹，舉起斧頭。守護在一旁的其他人紛紛唱了起來。

「嘿哪，嘿哪。」

「大山祇神，請祢見證，我會成功砍下祢賜予的杉樹。」

「嘿哪，嘿哪。」

哐！隨著清脆的聲響，第一刀砍進了樹幹。樹皮破裂，露出新鮮的白色樹幹，清新的樹木香氣四溢。

與喜從西側的樹幹入斧，砍出了「受口」。

伐木的基本就是要在倒下的方向砍出一個名為受口的缺口，如果受口的位置和角度不佳，就無法讓樹木倒向預期的方向，因此，是一項極其重要的工程。神去村代代傳授一個訣竅：「砍受口時，就是在樹幹上挖除一塊三角形的積木」。

然後，再從和受口的相反方向，在樹幹的直角位置砍下「追口」。受口和追口就像是隧道的出口和入口，伐木時，就像同時從隧道兩側開挖。

但是，這個隧道絕對不能貫通，樹幹的中心附近要故意留下名為「弦」的間隔。如果把「弦」也同時砍斷，樹木就會失衡，迅速倒向出乎意料的方向。

只要小心謹慎地砍追口，樹木就會以弦為支點，緩緩倒向受口的方向。

這只是平時上山工作時的原則，眼前是連與喜都不曾砍伐過的巨大樹木。這棵千年杉樹最粗處的樹圍有九公尺半。

與喜以他的鬼斧神工終於砍出一個巨大的受口後，就停下來休息磨斧頭。同組的其他人立刻上前用鏈鋸鋸切追口，在隨時確認追口是否維持水平的同時，輪流上前鋸切。

鏈鋸的機械聲宛如走調的吉他聲響徹神去山，鳥兒驚慌地從樹梢飛起，大量木屑四濺，在腳下越積越多，樹葉在樹梢痛苦地搖晃。

「與喜，快倒囉。」

清一哥停下鏈鋸說。與喜拿著磨好的斧頭，「嘿咻」一聲，再度站在千年杉前。

「要倒向枹櫟樹的方向。」

千年杉這種巨大的古木直接倒向地面時，可能會因為本身的重量和衝擊造成折斷或是碎裂。所以，與喜宣布要將杉樹西側的雜木作為緩衝。當然，對被當成緩衝的枹櫟樹來說，則是巨大的災難，這好比被砂石車衝撞的雙輪推車一樣，被撞得粉身碎骨。

「枹櫟樹，安憩吧！松鼠，對不起，奪走了你的食物！」

與喜向以堅果為食的松鼠道歉後，舉起斧頭。與喜英氣逼人，全身好像發出白色的火焰，其他人紛紛沿著斜坡衝到稜線的位置避難，擔心不小心被伐倒的樹木壓到。

但我們這組的人太了解與喜的技術，知道樹木會精準地倒向與喜鎖定的方向，所以，清一哥、三郎老爹、巖叔和我都站在與喜的背後。

哐、哐、哐。與喜的斧頭繼續砍向追口，千年杉終於開始向西側傾斜，樹梢在空中畫出弧度，枹櫟樹被壓得支離破碎，時間似乎過得特別緩慢。

腳下地面的劇烈震動讓我回過神，接著，響起一聲沉悶的地鳴，千年杉倒在地上。剖面（稱為木口）露出雪白的年輪，在接觸到空氣後，立刻變成了淡茶色。

轟、轟。衝擊聲在神去村周圍的山上響起回音，迴盪過層層山嶺。

「與喜，幹得好！」三郎老爹感慨萬千地說，「我從來沒看過這麼精準的伐倒。」

眾人都擁上前來，又唱又跳地歡呼：「嘿哪，嘿哪。」與喜被眾人推擠著，卻不忘轉頭向我們露出自豪的笑容。清一哥和巖叔向他點頭。

雖然說出來有點丟臉，但我的視線模糊了，忍不住讚嘆「太厲害了！」，雙腳也不停地發抖。

如果與喜在城市長大，完全不了解山上的工作，不知道會變成怎麼樣的人。當然，他無論生在哪裡，都會快樂、堅強地生活，但恐怕會變成玩世不恭，背著上司偷懶打混的人。與喜兼具林務能力、適性和直覺，是林務的天才。像他這樣的人生在神去村，熱愛山林的性格根本是上天創造的一大奇跡。

神去的神明挑中了與喜，准許他砍伐、養護山林，將山、森林和生長在那裡的所有動植物的生命都託付給與喜。

與喜得到了神去神明的寵愛。

伐倒千年杉的與喜渾身綻放出神聖的光芒，讓人不由地有如此的感受。

中午過後，空腹的感覺也漸漸消失了。

雖然從深夜二點就開始忙碌不已，但祭典的興奮麻痺了身體，沒有人說睏，也沒有人喊累。

與喜伐倒的千年杉順利倒在修羅滑道的方向，我們得以用最少的力氣將巨大杉樹移向修羅滑道。

眾人先砍下千年杉上的樹枝，每根樹枝都差不多有平時看到的杉樹那麼粗。四十個人揮汗如雨地工作，一個小時就完成了，不得不再度讚嘆神去村的人個個都是林務好手。

砍完所有樹枝後，只剩下千年杉的原木，據說要保留樹皮，直接運下山。由於這根原木實在太大了，看著看著，有一種不可思議的感覺，彷彿走進了比例尺錯亂的奇妙世界。

「運下山後，有什麼用處嗎？」

我坐在原木上低喃著。原木太大了，需要用蜈蚣梯才能爬上去。

與喜抱著拚命想要掙脫的阿鋸走上原木。

「用處可多著呢哪。」

他似乎聽到了我的自言自語，擅自答了腔，「神去村的大祭典伐倒的大樹很吉利，某些地區搶著接手。」

他又在胡說八道了，我向與喜投以懷疑的眼神。

「我來這裡之前，從來沒有聽過神去的名字，也沒有聽過大祭典的傳聞，某些地區是指哪裡？」

「你這傢伙還真是沒禮貌，」與喜抱著一臉驚恐的阿鋸說，「祭神砍下的大樹很少見，行家會買下整根原木。聽說上次大祭典伐倒的檜木被關西的某個幫派買走了。」

「幫派……」

「他們那種人不是都很迷信嗎？當時，剛好他們的幫主要改建房子，就大手筆地買下來。」

「這棵杉木可以賣多少錢？」

「這就要問清一了，神去山在名義上也是中村家的。」

與喜用大拇指和食指圍了一個圈，奸詐地笑了起來。「反正絕對可以大賺一票，聽說這一次，北陸的某家神社已經表達了意願。」

嗯，真的是天外有天啊，我在橫濱的家是可憐的普通住宅，使用的木材恐怕都是夾板吧。

清一哥在斜坡上叫著我們：

「你們兩個，不要偷懶，趕快來工作。」

「好！」

「他簡直就像學校的老師。」

與喜把阿鋸放到地下，雖然嘴裡嘟囔著，但工作的時候幹勁十足。因為必須在天黑之前把千年杉運下山。

與喜在離木口三公尺左右的樹幹上用鑿子鑿了兩個洞，然後，把兩根大約兩公升保特瓶那麼粗的橡木棒插進洞裡。兩根木棒呈V字形插在杉木的樹幹上，很像是牛或龍的角。

「這就是目途。」

與喜握著橡木，得意地說。「豎目途是山林人的驕傲。」

看起來就是普通的木棒而已啊。我正這麼暗想，與喜拿起小刀靈活地在木棒前端雕刻不知道是溝渠還是凹陷的東西，而且，他精心雕刻著那兩根木棒。

他在雕刻裝飾嗎？看了一會兒，我的臉不禁紅了起來。

「與喜，這形狀該不會是？」

「就是陽具，」與喜挺起胸膛，「因為目途就是陽具的象徵。」

為什麼？為什麼？為什麼要把陽具形狀的木棒插在好不容易伐倒的千年杉上？我終於知道之前在夏日廟會時，與喜被選上目途時，為什麼美樹姊會羞紅了臉。

「如果是陽具，一根不是就夠了嗎？」

我用橫濱話大叫。與喜回答說：

「你說的有道理，但如果有兩根，就可以加倍爽，這是古人的心願吧。」

簡直聽不下去了。

與喜樂此不疲地雕刻陽具時，三郎老爹和巖叔正在削木口的邊緣，使邊緣變得更光滑。寺院裡，用來撞鐘的木梆子前面不是都會磨得圓圓的嗎？差不多就要削成那樣。

「削了之後，滑下修羅滑道時，原木就不會受到損傷。」
巖叔告訴我。
「萬一發生撞擊，也可以緩和衝擊。」
三郎老爹說。
撞擊？又是不祥的預感。
目途上綁了好幾根粗草繩，粗草繩經過樹幹，固定在好幾處木樁上。如果說，千年杉是龍，目途是角，從角開始向背後延伸的粗草繩就是龍的韁繩。
為什麼需要韁繩？為什麼好像救命繩一樣，把粗草繩固定在原木上？
內心不祥的預感越來越強烈，心跳也漸漸加速。
「差不多了。各位弟兄，大家一起奮力拉呢哪！」
「嘿哪！」
四十個男丁分別拿著差不多有一人高的木棒，開始移動千年杉的原木。先利用槓桿原理把原木微微抬起，然後，立刻將較細的原木塞進抬起的縫隙。所謂「較細的原木」，只是相對於千年杉而言啦。
大家拉著繩子，拉著千年杉在原木上前進。以前在埃及建造金字塔時，也是利用鋪在地上的原木搬運巨大的岩石。我們也是用相同的原理。

千年杉順利送上了修羅滑道，保持著微妙的平衡，好像隨時都會滑下斜坡。千年杉目途上的粗草繩綁在一旁的櫸樹樹幹上，宛如巨大的杉木在巨大的滑梯前隨時準備滑落，但草繩暫時阻止了它的衝動。

「好，上吧！」

與喜發號司令，他自己坐在原木的前面，用力抓著目途。這個景象有點噁心，不過，如果不知道目途代表陽具，會以為他抓著龍的角，英勇地坐在龍背上。

但是，「上吧！」是什麼意思？所有男丁都爭先恐後地坐上千年杉，握著龍背上的粗草繩。從他們臉上可以感受到絕對不想被甩下來的決心。

難道……？我臉色發白。難道要坐在千年杉上，一起滑下斜坡嗎？千年杉要載著我們在山坡上疾行嗎？

不行！絕對不行！

雖然千年杉很巨大，但原木是圓形的，穩定性很差，況且，山上有很多樹木、岩石等障礙，怎麼可能坐在無法掌握方向的原木上安全滑到山下？

「怎麼了？趕快上來啊。」

「老是拖拖拉拉的，天色都快暗了呢哪。」

「因為我是目途，你和我同組，所以也可以握著目途。」

「聽說這比起用嘴接到相撲力士在成田山撒的豆子更吉利喔。」

同組的成員七嘴八舌地叫著我，他們四個人都已經坐在千年杉的前頭，緊握著目途。不能因為我的關係，延誤祭典的進行。我面有難色地坐上千年杉，和清一哥、與喜一起握著V字左側的目途，三郎老爹和巖叔握著右側的目途。

「我猜想，絕對有人因為這個祭典送了命。」

我帶著絕望的心情說。

「我從舊資料上看到，至今為止死了八個人。」

三郎老爹行若無事地回答。光是記錄有案的就有八個人。完了，我一定是第九個。我這個人衰運特別強，莫名其妙地被送到位在深山的這個村莊這件事，就足以證明我有多衰了。

我恨！

我恨阿熊幫我找到這種害死人不償命的工作！我恨傻傻地送我上路的老媽！更恨只給我三萬圓程儀的老爸！我恨！

「你沒事吧？」清一哥問：「雖然你是見習生，但你已經在中村林業登記了，所以可以申請職災保險。」

不是這個問題吧？

「你在發抖嗎？簡直太膽小了。」

與喜豪放地笑了起來。你渾身「細膩」的相關神經早就斷光光了，當然不會怕啦。我暗暗咒罵著，向全組最正常的巖叔求救。

「巖叔，你也會覺得害怕吧？」

「一點都不怕。」巖叔一臉爽朗的笑容，「我曾經遇過神隱，神去的神明喜歡我，不可能讓我在祭神的時候送命呢哪。」

這種寄託在神明身上的篤定是怎麼回事？

「各位弟兄，」清一哥嚴肅地問：「準備好了嗎？」

所有男丁齊聲回答：

「準備好了！」

我還沒有準備好。

「好，出發！」

與喜用斧頭砍斷了綁在櫸樹上的繩子，阿鋸吠叫著跑了過來，把殘株當成踏板，跳到我的腳下。千年杉在修羅滑道上緩緩向斜坡傾斜，就像雲霄飛車升到了頂點。每個人的鏈鋸刀刃已經套上套子，用帶子斜背在肩上，但可以感受到背上的鏈鋸突然飄了起來。

好可怕！

在我閃過這個念頭的同時，千年杉滑下了斜坡。

「嘿哪！」

男丁們抓著樹幹上的粗草繩大聲吶喊，我抓著的目途發出吱吱咯咯的聲音。滑下斜坡的杉樹巨木下，修羅滑道的細原木承受不了負荷，好幾根都折斷了，發出響亮的叭、叭碎裂聲，碎木塊打到了護目鏡和安全帽，通道兩旁伸出的樹枝打在臉上。

「好痛好痛好痛。」

「白癡，小心咬到舌頭！」

與喜大聲喝斥道。的確，我已經無法正常說話了，千年杉開始加速狂衝。

我就像坐在老舊蒸氣式火車上的乘客，枕木已經碎裂，車輪也偏離了軌道，但狂飆的列車卻完全沒有放慢速度，與喜當然就是那個不怕死，還在不斷加煤炭的司機。

「衝啊！」

與喜抓著目途，笑著前後搖擺著身體。眼前的驚險程度遠遠超過了雲霄飛車，他居然樂在其中，太可怕了。更可怕的是清一哥，他面不改色，也沒有縮起身體，泰然自若地坐在千年杉的前端。

他們都不是人。

三郎老爹「咻——咻——」地輕輕吐氣，緊抓著目途，搞不清楚他是在興奮還是在害怕。巖叔唸唸有詞，仔細一聽，發現他輕聲唸著：「神明顯靈，神明保佑」。

與其拜託神明，還不如趕快停止這種玩命的祭典。

身後那些抓著粗草繩的男丁紛紛發出慘叫聲。

「哇，搖得好厲害！」「慘了！」「媽呀！」

但他們的聲音中帶著笑意和興奮。當驚險刺激超過某個程度，精神就會錯亂，各種情緒都會摻雜在一起。

這當然是事後的分析，當我坐在千年杉上衝下斜坡時，腦筋一片空白，差一點屁滾尿流，只能用冒著冷汗的手拚命抓緊目途。

積在地面的落葉碎片飄了起來，隔著落葉樹的枝葉縫隙，看到棲息在森林中的鳥兒也驚慌失措地尖叫著逃向空中。

眼前的景象轉眼之間就消失在後方。千年杉雖然外形像龍，但疾行的樣子宛如巨大的山豬。千年杉的速度和激烈的突飛猛進，難得一見的美麗森林也變成了亂七八糟的流動色彩和形體，就像把水桶裡的綠色、褐色和紅色的顏料統統倒在牆上。

斜坡的角度越來越陡，加速度也越來越大。風灌進了袖子，好像氣球一樣鼓了起來。

嗚汪！阿鋸慘叫一聲。牠原本用指甲用力抓著杉樹皮，站在我的腳下，但似乎終於沒了力氣，當千年杉稍微搖晃一下時，牠懸在空中。

阿鋸毛絨絨的尾巴掠過我的視野角落。

「阿鋸！」

我毫不猶豫地伸出左手，抱住了飛向後方的阿鋸的腰部。我的身體向後扭轉，但單手畢竟無法承受體重，右手一滑，離開了目途。

我會死！

眼前的景象變成了慢動作，清楚地出現在我眼前。

排成兩行，緊拉著粗草繩的男丁無不瞪大眼睛，抬頭看著手上抱著阿鋸，整個身體即將俯衝的我。山根大叔動了動嘴說「完了」，阿鋸縮起尾巴，夾在後腿之間。我的左手用力，深深卡進了阿鋸的毛皮。

絕對不能放手，一旦放手，阿鋸就沒命了。我死也不放手。

這時候，我看見兩個女人在不斷疾行的千年杉後方飄來飄去，我看不清楚她們的臉，只知道她們分別穿著紅色和白色的和服。

大山祇神的兩個女兒。

她們是來迎接我嗎？我就這樣和阿鋸一起墜落地面，當場斃命嗎？我居然帶著平靜的心情這麼想道。

兩個女人優雅地抬起手，指了指我身後。

嗯？在我納悶的同時，聽到與喜大叫著：「勇氣！」

我抱著阿鋸回頭，與喜左手抓著目途，右手向我伸出斧頭的柄。清一哥伸出一隻手，抱著重心不穩的與喜身體，露出難得的緊張神情看著我。

與喜大叫著。我抓住了斧頭柄，伸長右臂，好像抓蜘蛛絲般緊握著已經變得光溜溜的斧頭柄。

「抓住呢哪！」

與喜和清一用力把我拉回他們站立的位置，也就是目途的方向，生死一瞬間，我宛如重生了。

「你累了嗎？」

與喜的太陽穴暴著青筋大吼。現在根本不是用提神飲料廣告的梗搞笑的時候，但我把全身的力氣都集中在右手上，也對他大吼一聲：

「喝了再上！」

我身體微微往前衝，再度被拉回了與喜和清一哥之間，急忙抓住了目途。

我感覺過了很久，但實際上應該只是發生在剎那之間的事。

背後的男丁們「喔！」地發出了鬆了一口氣和喜悅的聲音。

得救了。當我這麼想時，全身的汗水滴落。我可以感受到臉上的汗水被風吹向後方。各位大叔，對不起，我下的鹹雨讓你們遭殃了。

「白癡！」與喜用肩膀喘著氣，大聲罵道：「你差一點送命！」

但是，我不能對阿鋸見死不救。我知道我剛才的舉動太魯莽了，卻沒有後悔。阿鋸在我的臂腕中無助地垂著耳朵，渾身發抖地看著我，似乎在想「真對不起」。太好了，我和阿鋸都保住了性命。好溫暖。

嗯……？我的肚子上真的熱熱的。

「啊！」

我把阿鋸抱到一旁，低頭看自己的肚子，「阿鋸，你在我身上撒尿！」

白色衣服上有一灘黃色汙漬。

「哈哈，」與喜說：「這泡是高興尿（太高興了，忍不住尿尿），阿鋸，對吧？」

才不是呢，阿鋸是嚇得屁滾尿流。

「無論如何，沒事就好。」

清一哥輕輕拍了拍我的背。我偷偷回頭一望，在不斷向後退的樹林中，遍尋不著剛才那兩個女人的身影。

也許是幻影，但我還是在心裡道了謝。

「謝謝救命之恩。」

與喜突然說道，彷彿他會讀心術。我驚訝地將視線移到與喜身上，與喜道謝的對象當然不是大山祇神的女兒，而是我。我害羞地摸著阿鋸的頭。

我的呼吸和心跳終於恢復了正常，把阿鋸放在腳下。但畢竟還坐在在斜坡上疾行的千年杉上，心臟還是噗通噗通地跳。我兩隻腳緊緊夾住阿鋸的身體，以免牠再度飛出去。

「排除一難，又來一難。」

三郎老爹說。

「快要撞擊了，大家做好準備呢哪！」

巖叔也大聲提醒道。

大岩石漸漸逼近眼前。

大岩石是修羅滑道的終點。為了把千年杉載上通往山腳的路，也就是我們今天早上走的獸徑，必須讓巨木右轉，轉向與目前行進方向呈直角的方向。

「要怎麼轉向？」

沒有人回答我的問題，同組的人都神情嚴肅，緊張地抓著目途。身後那些男丁剛才還不時發出「嘿哪，嘿哪」的聲音，激勵著自己和周圍的人，如今卻寂靜無聲，耳邊只有呼呼的風聲。

緊張宛如閃電般貫穿千年杉的樹幹。

該不會？我猛嚥口水。難道就直接撞向大岩石嗎？

「不可能！我會死啊！讓我下來！」

我尖叫起來。

「來囉！」

「抓緊了！」

清一哥和與喜大聲發出警告，所有人都馬上彎下身體，縮起脖子。被我的雙腳緊緊夾住的阿鋸痛苦地發出「汪」的叫聲，但我管不了那麼多了。

一陣強烈的衝擊，內臟也跟著震動起來。千年杉樹幹的左半部分衝上大岩石後彈了出去，宛如前腿抬起的脫韁野馬般，幾乎垂直彈起。

「啊！」

在重力的作用下，腳滑了出去，只靠雙手懸在目途上，支撐全身的重量（包括阿鋸）。下一剎那，千年杉撞倒了周圍的樹木，緩緩向右傾斜。千年杉撞到大岩石後改變了方向，這樣的結果固然值得慶幸，但未免太粗暴了，難道不能靠其他方法掌舵嗎？巨大的杉木在空中畫著弧度，轉身衝向獸徑。我雙腳用力，抱緊阿鋸，對抗離心力，不讓身體被甩出去。

千年杉直接落在獸徑上，響起重重的地鳴。

嗚哇哇哇。牙齒快咬到舌頭了，我立刻繃緊下巴。鼻水噴了出來，淚水和汗水都飆了出來，噴濕了護目鏡。

如果千年杉衝過頭，導致傾倒翻覆或是樹幹撞碎，所有人都會同時升天。

神啊，希望千年杉可以順利滑下獸徑！

千年杉彈了兩、三次，我坐在樹幹上彎著身體祈禱。這時，有什麼東西掠過我的頭頂飛向後方。

嗯！？我忘記眼前的狀況，抬頭看清楚不明物體到底是什麼。

是山根大叔。剛才的衝擊讓他鬆開了握著的粗草繩，他飛過我的頭頂，懸在空中。

「啊！」

我忍不住站了起來，但我不可能跳下去救他。千年杉在獸徑上重重落地後，沿著斜坡衝向山腳。

「山根叔！」

「沒事吧！」

男丁在背後叫了起來。大家在坐穩之後，紛紛回頭看著山根大叔飛走的方向。

山根大叔在空中勾勒出拋物線軌跡後，後背撞向獸徑旁杉樹的綠色樹梢。

千年杉繼續勇猛向前，留下搖動的樹枝和應該掛在樹上的山根大叔。

「怎、怎麼辦？」

我回過頭，大聲問身旁的與喜和清一哥，「山根大叔會不會死……？」

「嗯，」清一哥皺了皺眉頭，「雖然很想幫他，但也無能為力。」

千年杉正在飛速前進，的確無法放手。因為無法讓千年杉停下來，所以也沒辦法去找山根大哥。不過，大家未免太無情了。

我正打算繼續追問，與喜悠然地說：

「哪啊哪啊，看剛才的情形應該死不了，那些樹枝發揮了緩衝作用。」

真的假的？但眼前也只能祈禱最好是這樣。進入獸徑後，千年杉沿著斜坡下滑的速度越來越快。

「山根！」「千萬別死！」「不能死啊！」「不要啊！」在我身後大叫的男丁們不知道是在擔心消失在樹梢的山根大叔，還是在為仍然無法離開千年杉的自己嘆息。

前方漸漸亮了起來，樹木的密度漸漸稀疏，隱約傳來笛聲和鼓聲，聲音越來越大。男丁們也再度叫著「嘿哪，嘿哪」回應。

神去山的山麓越來越近。

不，等一下。雖然很慶幸終於要到終點了，但要怎麼讓千年杉停下來？神去山的登山口只有一個小型石祠堂，還有一個小廣場而已，前方就是穿入地下的神去河的河谷。

要怎麼辦！萬一無法順利在廣場上停下來，就會衝進神去河！

我全身起了雞皮疙瘩。

「嘿哪，嘿哪。」

聚集在廣場上的女人也回應著男丁們的聲音，她們的聲音很輕柔，彷彿在安撫、召喚氣勢洶洶的千年杉。

「嘿哪，嘿哪。」

千年杉彷彿穿越了綠色的帷幕，終於滑到了斜坡的盡頭，從獸徑衝向廣場，撞倒了石祠堂，擦撞到的樹皮散開。

龍頭高高抬頭，不受任何東西阻擋的陽光讓我忍不住瞇起眼睛。好刺眼。我從來不知道冬天的陽光威力這麼強，也終於知道剛才經過的森林多麼深、多麼暗。

千年杉來到平坦的廣場後，仍然沒有停止前進，彈起的碎石像雨點般落下。

沒有進入神去山的村民幾乎全都集中在廣場上等待千年杉的到達，大部分都是女人。美樹姊、坐在草蓆上的繁奶奶、祐子姊、直紀，還有那些退休山林人的老爺爺。他們看到男丁騎著巨木下山時，情不自禁地發出歡呼，然後都笑著逃開，以免被暴衝的千年杉撞到。

廣場上的人群頓時鳥獸散。美樹姊用身體擋住無法逃走的繁奶奶，祐子姊和直紀站在旁邊，抬頭看著緊握目途的我們。每個人都滿臉祈禱。

現在回想起來，這些景象在我眼中只停留了一瞬間。

「停──下──來──！」

我對著繼續往前衝的千年杉大叫。與喜、清一哥、三郎老爹和巖叔，以及其他男丁都叫了起來。

或許是肉眼看不到的剎車聽到了我們祈願，千年杉在廣場往神去河方向的懸崖上探出四分之一後，終於停了下來。

「嘿哪！」

坐在千年杉上的所有人大聲叫喊，打破了片刻的寂靜。我也把護目鏡拉到脖子上，舉起雙拳大叫起來，好幾個安全帽都拋向空中。

廣場上的村民拍著手，興奮地跳著，聚集在千年杉的周圍。阿鋸搖搖晃晃地從我腳下爬了出來，撲進美樹姊的懷裡。男丁們順著架起的蜈蚣梯，或是等不及架梯子，從原木的側面滑了下來，站在廣場上稱讚彼此的勇敢。

我和與喜相互擊掌，和巖叔握手。三郎老爹轉動著肩膀說：「真是夠了。」清一哥拿下安全帽，向神去山深深鞠了一躬。

四十八年一度的大祭典。巨木下山的儀式終於順利完成了。

啊，想知道山根大叔的下落？他還活著。而且，天黑之後，他自己走下了山。

與喜說的沒錯，杉樹的樹枝發揮了緩衝效果，他只受到輕微的擦傷。神去村村民的生命力太神奇了。

我們為山根大叔的生還歡欣鼓舞，在躺在廣場上的千年杉旁舉杯暢飲。其實，山根大叔下山之前，宴會已經開始了，幾杯酒下肚，大家根本忘了山根大叔。如果他在山中動彈不得，不知道村民會採取什麼行動。

不，他們不會採取任何行動。這裡是神去村，即使山根大叔死在神去山上，大家也會紛紛說著「哪啊哪啊」、「這也是沒法子的事」而已。村民有時候太狂野，幾乎有點冷酷了，或許是因為他們有充分的心理準備，認為「在山上遇到危險是天經地義的事」。

山根大叔一路叫著痛，但一走到廣場，連續喝了三杯冰酒，笑著說：「折騰了我半條命啊。」其他人紛紛安慰著他：「是啊。」「沒事就好。」然後就忘了這件事。

入夜後，宴會仍然熱鬧不已。

皎潔的月亮從山邊探出頭，柔和地照亮了爬滿青苔的千年杉樹皮。大家在篝火前取暖，吃著漆器便當盒裡的菜餚，隨著別人吹起的笛子聲起舞。高掛的燈籠下，每張嘴都吐著白氣，每張臉上都綻滿笑容。

山太枕著祐子姊的腿，身上蓋著厚外套睡著了。夜已深，他已經體力不支了。阿鋸也閉上眼睛，蜷縮在山太的身旁取暖。

村裡的女人個個精神百倍。

當我們登上神去山，伐倒千年杉，搏命滑下斜坡時，村裡的女人做好料理裝在便當盒裡，每個人都帶著酒聚集在廣場上，開始準備燈籠和篝火，吹著笛子擊著鼓，喝酒聊天，等待巨木的出現。所以，她們從白天就開始在廣場上喝酒，然而，即使三更半夜後，仍然沒有人喝醉，笑著鬧著繼續喝酒。

廣場上到處都可以看到空酒瓶，甚至還有酒桶。他們的酒量太不尋常了，神去村的村民果然是妖怪……？

正當我浮現這個疑問時，聽到與喜叫我。回頭一看，發現除了清一哥以外，我們組的成員都圍坐在廣場角落的草蓆上。繁奶奶、美樹姊和直紀也在。被酒染紅了臉頰的美樹姊向我招了招手。

「來，過來。」

直紀也沒有露出不悅的表情。

唉，即使他們是妖怪也無所謂。因為，這些妖怪太美了。但繁奶奶例外，她根本就是乾扁的饅頭妖怪。我拚命憋住滿臉的笑意，和他們一起坐在草席上。

「勇氣，你第一次參加祭典，但表現很出色。」

巖叔咕咚咕咚地往我的紙杯裡倒焙茶，我根本來不及告訴他，杯子裡裝的是柳丁汁。巖叔已經醉醺醺了。

「我們在這裡等也很好玩，」美樹姊笑著說：「你們坐著的千年杉不是從斜坡上滑下來嗎？當你們有動靜時，附近的鳥就會一下子飛起來，即使在山腳下，也知道你們到了哪裡。」

「杉樹到廣場時，我忍不住拜了起來。」繁奶奶雙手合十說道，「幸好大家都沒有受什麼傷，真是太好了。」

「繁奶奶，應該只有妳一個人在拜拜，」三郎老爹突然拉高嗓門說，「其他女人看到勇氣抓著目途的樣子，全都被他迷倒了。」

三郎老爹說話時，不時瞥向直紀。喔，原來是這麼一回事。雖然我很感謝他們為我撮合，但會不會太明顯了？

我坐立難安起來，不經意地掃視著廣場，沒有看到清一哥的身影。

「東家送祐子和山太回家了。」

美樹姊向我咬耳朵。

「勇氣，要把握機會呢哪。」

繁奶奶說。雖然她以為她在說悄悄話，但因為她耳聾，所以音量特別大。

嗯。我傷透腦筋。即使他們為我敲邊鼓，但關鍵還是直紀。她應該察覺到坐在草蓆上這些人的用意，卻面不改色，根本不看我一眼，冷淡地喝著杯中的酒。

恐怕連一線希望都沒有。

我什麼話都說不出口，只能喝著柳丁汁加焙茶。真是超難喝的。

「真是沒法子，」與喜心浮氣躁地搔著盤著的腿，「勇氣，我把目途的權利讓給你。」

哇噢！三郎老爹和巖叔驚叫起來，繁奶奶「嘿嘿」地笑著，美樹姊欲言又止地看著與喜。只有來神去村不久的我和直紀搞不清楚狀況，但我有不祥的預感。

「呃，」我戰戰兢兢地問，「目途的權利是什麼？」

「在大祭典時順利把樹送下山時，擔任目途的人，」與喜挺起胸膛，神氣地說：「可以向喜歡的女人要求雲雨！」

雲、雲雨。我沒有喝酒，卻感到天暈地轉，趕緊抓住草蓆。這樣的進展未免太快了吧。

「老公，不然你打算對誰使用目途的權利？」

美樹姊怒氣沖沖地質問與喜。

「白癡，當然是妳呢哪。」與喜摟著美樹姊的肩膀，「所以，我才會把權利轉讓給勇氣，我現在哪還需要要求，隨時都可以……」

「別說了呢哪，與喜，好丟臉。」

「別害羞呢哪，別害羞呢哪。」

與喜和美樹姊卿卿我我，似乎恨不得馬上滾進草叢裡。肉麻夫妻！

我紅了臉，與喜轉讓的這個權利我無福消受啊。三郎老爹輕輕戳了戳我。

「勇氣，加油！」

叫我加油有什麼用！我抬眼看了直紀一眼，直紀也漲紅了臉，和我視線交會後，立刻把頭轉頭一旁。燈籠的燈光下，她的側臉在黑暗中顯得格外白皙，比在我夢中出現的任何一個直紀更楚楚動人。

「直紀，」

「不要。」

「我還沒有說話。」

「即使不聽也知道呢哪。」

媽的，至少讓我表白一下嘛。我不理會她，自顧自說了下去。

「我喜歡妳，請妳和我約會！」

「約會？要去哪裡約會？」

直紀小聲地問。的確，要去哪裡約會？神去村根本沒有約會的地方。

「去、去山上？」

我說。雖然我發現這根本不是約會，只能算野餐。

沒想到直紀微微點頭。

「如果只是約會，可以啊。」

在一旁屏息期待的三郎老爹和巖叔拍著手說：

「太好了！」

「我會幫你們做便當帶去山上。」

美樹姊說。美樹姊的便當不就是毫無趣味的巨大飯糰嗎？

「如果你們生了孩子，就可以稍微緩和這個村莊人口太少的問題。」

繁奶奶，妳也未免太性急了。

「真是沒種，」與喜抱怨著，「這不是白白浪費了我轉讓給你的權利嗎？」

「我會好好珍藏。」

我說。我會珍藏到直紀愛上我的那一天。

「即使你珍藏著，也無處可用，只會放到發臭。」

直紀冷冷地說。

我超愛她的冷淡無情，難不成我是被虐狂？

不，不，才不是這樣，而是我學會了不屈不撓的精神。

林務工作必須花費多年的歲月培育樹木，如果不具有可以承受任何風雪的悠然性格，根本無法勝任山林人的工作。

我神清氣爽地仰望夜空。

曾經燃燒起祭典熱情的神去山已經恢復了往日的靜謐，星星灑在稜線上，靜靜地守護著村民。

終章　神去哪啊哪啊的每一天

雖然寫了一大堆，但神去村一年的生活記錄其實已經接近了尾聲。

謝謝各位發揮耐心看完了！其實，我打在電腦裡的這些內容根本不會給任何人看，這是我的秘密。但是，我在落筆時，想到可能會有人看，頓覺靈感如有神助。

什麼？等一下，與喜不知道會不會打開電腦偷看。真是夠了，我才不想讓他知道，我那令人羞愧的內心世界。

……我剛才去客廳察看了一下。與喜和繁奶奶正吃著仙貝看電視，他們似乎沒有察覺我最近忙於寫作，況且，與喜根本不會用電腦。安啦，安啦。

我在敲鍵盤時，順便觀察了自己的手。手掌的皮變得很厚，這一陣子，即使在山上使用鏈鋸，也完全不成問題。之前水泡磨破時痛死我了，如今卻好像是別人的手一樣。這是我第一次認真投入一件事，連身體也發生了變化。如果讀高中時，我也用功讀書到手上長繭，或許就不會被送來神去村。

不過，我一點也不後悔，甚至很慶幸可以住在神去村。

在山上積雪之前，我曾經和直紀約會了一次。應該說，是去山上野餐。

我們穿上厚外套，戴著手套（我戴的是棉紗手套），走在斜坡上，看到鹿為了迎接冬天，正在吃著已經變得十分緊實的樹皮。積滿落葉的地面很鬆軟，看到不知名的小鳥在樹葉掉落的枝頭蓬起羽毛禦寒。

我們在一棵大橡樹下吃著美樹姊做的巨大飯糰，也喝了冰冷的溪水。水藍色的晴朗天空下，神去村籠罩在白色的冬天陽光中。

雖然我們並沒有聊什麼，但我覺得那是我的快樂時光，我相信坐在身旁的直紀也有相同的感受。因為我發現她身上散發出「不要靠近我，不要找我說話」的氣場變弱了。

我們並沒有交往。如果說只是朋友，我們卻經常單獨相處，但又不是好朋友。總之，我們的關係很微妙。

如果在大都市，因為身旁有很多人，可能會覺得「哪有時間一直搞曖昧，不如去找下一個女人」，但神去村不一樣，用繁奶奶的話來說，「進展順利，只差臨門一腳」。

她還說：

「反正你沒有競爭對手，可以慢慢展開攻勢呢哪。孤男寡女只要在一起，就會日久生情。」

雖然我不認為事情像繁奶奶說的那麼簡單，但村裡的確沒有競爭對手。我知道直紀的目光仍然追隨著清一哥，我打算順其自然，發揮耐心等待她的回眸。

不過，我並不是光等待而已。

我正在腳踏實地地執行一項計畫，讓直紀了解我的優點。我每天都努力工作，立志成為一個山林高手。在山上積雪之前，我每天打枝，協助搬運完全乾燥的木材。山上積雪之後，我忙著起雪，用稻草覆蓋種在農田的杉樹苗木的樹根，整天都有忙不完的工作。
以前還以為當季節變化時，林務工作都是重複相同的作業。經過一年的磨練後，我終於逐漸了解其實並不是這樣。
山上每天都展現出不同的表情，樹木每一秒都在成長或是衰弱。或許只是很微小的變化，但如果錯過這些細微的部分，就絕對種不出好樹，也無法讓山林維持萬全的狀態。
看著與喜、清一哥、三郎老爹和巖叔的日常工作，我體會到這一點。
在山上發現微小的變化是一件快樂的事，就好像我漸漸發現直紀對我展露笑容的次數漸漸增加時，也快樂得不得了。

今天是二月七日。
在神去村，今天是不能上山的日子。聽說自古以來，很多人在這一天上山時受了傷，於是就訂定二月七日全面停止上山工作。
傍晚的時候，清一哥家裡會舉行「召會」。所謂召會，其實就是宴席。村民都受邀去東家清一哥家裡吃晚餐、喝酒。
上午的時候，我也去清一哥家幫忙。全村的女人都聚集在清一哥的廚房，忙著做燉菜、天麩羅和散壽司。

因為直紀也在，所以，我在廚房角落切蓮藕，想找機會找她聊天……，但很快被美樹姊趕了出來。

「你別在這裡礙手礙腳的，我們女人有很多話要聊，你回家呢哪。」

鄰居的阿姨都竊笑起來，大家都知道我醉翁之意不在酒，所以超尷尬的。

被趕出廚房的並非只有我而已，清一哥也在小客廳和山太一起看電視。

「這個村莊是女人當家作主，在召會開始之前，就乖乖等吧。」

清一哥無趣地說。不在山上工作時，東家也少了那份威風。

所以，我白天就坐在電腦前打這篇文章，與喜和繁奶奶在看電視。我相信現在神去村的所有電視都開著，觀眾當然就是無處可去的男人。

啊——啊。怎麼還不來叫我們去參加召會呢？去了召會，就可以吃香喝辣，也可以見到直紀。

對了，我來寫新年的事。

一月二日就要上山工作，所以，我沒有回橫濱的老家探親。這是我第一次沒和父母一起過年，原以為會覺得孤單寂寞，沒想到完全不會。我也以為爸媽會想我，結果也是我想太多了。

我爸媽居然在新年的時候去了夏威夷，他們以為自己是藝人嗎？

新年過後，我收到了包裹。是夏威夷果仁的巧克力。為什麼？夏威夷難道就沒別的伴手禮了嗎？包裹裡還附了一封信。

「我和你爸爸好像是二度蜜月，勇氣，你也要好好加油，代我們問候村民。」

他們高興就好。巧克力都被與喜吃光了。

呃，我在說什麼？對了，是新年。

除夕那天，我們組的人都聚在清一哥家。直紀也來了。山太說要守歲，但在紅白歌唱大賽第二部分開始之前就睡著了。他未免睡得太早了。

「山太平時八點就上床，早上五點半就起床了。」

祐子姊說。我太驚訝了，原來他的生活作息這麼健康。不過，他還是幼兒嘛。

更讓我驚訝的是，我原本以為巖叔是光棍，沒想到他有太太。他太太在農協上班，之前曾經在路上或是聚會時見過她，卻不知道她居然是巖叔的太太。

「因為我們的兒子不願意做山林工作，去了大阪，所以我老公看到你願意來這裡特別高興。」

巖嬸這麼對我說。

除夕的鐘聲響起時，庭院裡響起窸窸窣窣的聲音。阿鋸在與喜家的庭院大聲吠叫著。發生什麼事了？我從客廳向外探頭張望，發現那張一整塊原木做的桌子下，有一對好像野獸般的眼睛在發光。

「好像有什麼在那裡。」

「是什麼？是什麼？」已經酩酊大醉的與喜聽到我這麼說，對著暗處張大眼睛，「是狐狸，積雪之後，可能找不到食物吧。」

「牠來得剛好。」

美樹姊說，「我剛炸好迎新麵用的天麩羅，那就分一點給牠呢哪。」

「不行！」

三郎老爹大聲喝斥道。

「為什麼？」

「大約二十年前，曾經有人餵狐狸吃了天麩羅，結果狐狸中了毒，馬上就翹辮子了。」

「啊？」

我露出懷疑的眼神。

「對吧？」

三郎老爹徵求繁奶奶的同意。

「是啊，是啊。」

繁奶奶點著頭說，「是我炸的蜂斗菜天麩羅。」

「但這是炸蝦啊。」

美樹姊拿起大盆子說。

「問題不在於天麩羅裡包了什麼，應該是繁奶奶炸的天麩羅，才會讓狐狸送命吧。」

與喜的話音剛落，繁奶奶就打他的頭說：「你這是什麼意思啊。」

「不行！」三郎老爹再度喝斥道：「狐狸吃了天麩羅就會死！」

既然三郎老爹都這麼說了，當然沒人敢冒這個險。最後，祐子姊把橘子和白煮蛋放在庭院裡。

聽山太說，元旦的早晨，橘子和白煮蛋都不見了，雪地上留著小小的腳印，玄關放了一枝紅色山茶花，但我想應該不是狐狸在報恩，而是與喜在惡搞。

三郎老爹的太太已經死了，所以單身的他留在清一哥家過元旦。我、與喜、美樹姊和繁奶奶一起吃加了味噌的鹹粥，也去了神去山的祠堂拜拜。

被千年杉撞壞的祠堂在新年之前重新造好了。聽說四十八年一度的大祭典時，祠堂幾乎都會被撞毀，村民早就做了準備，存足了重建資金。

二日「初伐」是開工的日子，但並沒有正式開始工作，只是上山砍伐一些雜樹。由於山上積了雪，無法進入深山，所以工作很輕鬆。

樹砍下後，樹枝原封不動地保留著，整棵樹就放在各家各戶的庭院。

「呃，為什麼要把樹放在庭院裡？」

我覺得很不可思議，便問了巖叔。

「為什麼……，三郎老爹，到底是為什麼？」

「啊？」三郎老爹正把清酒灑在樹上，自己也喝了幾口。「應該沒什麼特別的意義吧。」

「可能和聖誕樹或是七夕樹的意思差不多。」

正在逗阿鋸的與喜拍了拍膝蓋，站了起來。

「雖然樹倒下了，」清一哥看著放在庭院裡的初伐樹說，「掛點許願牌當裝飾吧。」

「嗯，雖然我也搞不太清楚，總之就是風俗習慣唄。」

巖叔總結道。

神去村有很多莫名其妙的慣例，所以，我也只能接受這樣的說法。

與喜真的在自家庭院的初伐樹上綁起了許願牌，上面寫著「伐倒一萬棵」和「（盡可能）不喝酒到天亮」。山太好奇地看著用簽名板製做的許願牌，搞不好明年的時候，每家每戶的初伐樹上都會掛起許願牌。

啊，剛說到山太，山太就出現，他好像來叫我們了。天色已經暗了下來，召會差不多開始了。

「喂，勇氣，要去清一家囉。」

與喜大聲催促著我。來了，來了。與喜性子很急，每次都惹美樹姊破口大罵：「出門之前，總會有很多東西要準備嘛」。與喜現在應該已經背著繁奶奶站在泥土房間，心浮氣躁地在等我吧。

我從窗戶探頭出去看向庭院，山太正在撫摸阿鋸，他一看到我，立刻揮了揮手，然後又轉過頭。

中村清一組的人一定又會在今晚的召會上大肆喧鬧一番。

不過，我就先暫時寫到這邊。

我肚子餓了，與喜又催著我「快點出來！」。春天快來了，山上的工作又會很忙。

我想，我應該會繼續留在神去村。目前還不確定我適不適合林業工作，也無法想像在這個幾乎沒有年輕人的村莊到底有沒有未來。我不知道能不能娶到直紀，無論怎麼說，一下子就想到結婚未免太性急了。一旦思考這個問題，就很眷戀滿街都是女生的橫濱。

即使如此，我仍然想多了解神去村，了解住在這裡的人和這裡的山。

唯一確定的是，神去村從古至今，乃至以後，都會毫無改變地存在著。

神去村的村民每天說著「哪啊哪啊」、「哪啊哪啊」，和山、河、樹為伍，和昆蟲、鳥兒、野獸和神明這些神去村所有的生物一起，快樂、瘋狂地過日子。

有興趣的話，來神去村走走吧，隨時都竭誠歡迎。所以，這份記錄不會給任何人看。嘿嘿嘿。

就醬囉，後會有期！

謝辭

本書執筆之際，得到了眾多人士的大力協助，深深感謝各位充滿熱情地和我分享在山上經歷過的事，以及對林務、對樹木的想法，並給我很多指示。

本作品中如有與事實不符的部分，無論是否刻意，當然都由作者我負起全責。

特此感謝：

三重縣環境森林部、尾鷲市水產農林課、松阪飯南林業工會、尾鷲林業工會、林野廳、熊野古道中心、尾鷲熊野古道、尾鷲木材市場、高木材木店、梶本銘木店、尾鷲檜木材加工合作工會、尾鷲檜木內裝材加工合作工會、北村木材加工

石橋直藏、市川道德、伊東將志、岩出育雄、大西雅幸、岡田勝幸、小倉宏之、小澤真虎人、梶本芳太郎、唐澤美智子、北川直人、北村英孝、楠英敏、國田昌子、佐田一征、柴田榮一、杉本春美、須藤弘、高木俊男、千種正則、飛山龍一、永田信、沼田正俊、野田憲一、野村政美、福中幹夫、松永美穗、民部泰行、山口和昭、山口力、吉川敏彥、若林哲也。

主要參考文獻

《プロが教える森の技、山の作法》（新島敏行・全国林業改良普及協会）
《葉・実・樹皮で確実にわかる樹木図鑑》（鈴木庸夫・日本文芸社）
《屋久島の山守　千年の仕事》（高田久夫　聞き書き／塩野米松・草思社）
《平成18年度　第5回　森の「聞き書き甲子園」聞き書き作品集》（第五回　森の「聞き書き甲子園」実行委員会）
《平成18年版　森林・林業白書》（編／林野庁）

文學森林 LF0010

哪啊哪啊神去村

神去なあなあ日常

作者
三浦紫苑
一九七六年出生於東京。二〇〇〇年以長篇小說《女大生求職奮戰記》踏入文壇。二〇〇六年，以《多田便利屋》榮獲第一百三十五屆直木獎，並以《強風吹拂》一書拿下二〇〇七年本屋大賞第三名。其他小說創作有《月魚》、《秘密的花園》、《我所說的他》、《昔年往事》，以及散文集《腐興趣》等。

譯者
王蘊潔
在翻譯領域打滾十幾年，曾經譯介山崎豐子、小川洋子、白石一文等多位文壇重量級作家的著作，用心對待經手的每一部作品。譯有《不毛地帶》、《博士熱愛的算式》、《洗錢》等，翻譯的文學作品數量已超越體重。

封面設計　二〇四五
責任編輯　陳柏昌
初版一刷　二〇一一年三月三十日
初版四十一刷　二〇一八年一月二十九日
定價　新臺幣二八〇元

ThinKingDom 新經典文化
發行人　葉美瑤
出版　新經典圖文傳播有限公司
地址　臺北市中正區重慶南路一段五七號一一樓之四
電話　02-2331-1830　傳真　02-2331-1831
讀者服務信箱　thinkingdomtw@gmail.com
部落格　http://blog.roodo.com/thinkingdom
總經銷　高寶書版集團
地址　臺北市內湖區洲子街八八號三樓
電話　02-2799-2788　傳真　02-2799-0909
海外總經銷　時報文化出版企業股份有限公司
地址　桃園縣龜山鄉萬壽路二段三五一號
電話　02-2306-6842　傳真　02-2304-9301

哪啊哪啊神去村／三浦紫苑作；王蘊潔譯. --
初版. -- 臺北市：新經典圖文傳播, 2011. 03
面；　公分. --（文學森林；10）
譯自：神去なあなあ日常
ISBN 978-986-87036-1-2（平裝）

861.57　　100004193

譯者再現：台灣作家在東亞跨語越境的翻譯實踐

2020年10月初版　　定價：新臺幣620元

著者	王惠珍
叢書主編	沙淑芬
校對	謝麗玲
封面設計	沈佳德

出版者	聯經出版事業股份有限公司
地址	新北市汐止區大同路一段369號1樓
叢書主編電話	(02)86925588轉5310
台北聯經書房	台北市新生南路三段94號
電話	(02)23620308
台中分公司	台中市北區崇德路一段198號
暨門市電話	(04)22312023
台中電子信箱	e-mail：linking2@ms42.hinet.net
郵政劃撥	帳戶第0100559-3號
郵撥電話	(02)23620308
印刷者	文聯彩色製版印刷有限公司
總經銷	聯合發行股份有限公司
發行所	新北市新店區寶橋路235巷6弄6號2樓
電話	(02)29178022

副總編輯	陳逸華
總編輯	涂豐恩
總經理	陳芝宇
社長	羅國俊
發行人	林載爵

行政院新聞局出版事業登記證局版臺業字第0130號

本書如有缺頁，破損，倒裝請寄回台北聯經書房更換。　ISBN 978-957-08-5620-0 (精裝)
聯經網址：www.linkingbooks.com.tw
電子信箱：linking@udngroup.com

國家圖書館出版品預行編目資料

譯者再現：台灣作家在東亞跨語越境的翻譯實踐/
王惠珍著．初版．新北市．聯經．2020年10月．368面．
14.8×21公分
ISBN 978-957-08-5620-0（精裝）

1.翻譯 2.文學評論

811.7 109014221